우리, 조금 늦게 만났더라면

우리, 조금 늦게 만났더라면

발행일	2020년 1월 30일
지은이	임승현
펴낸곳	정기획(Since 1996)
출판등록	2010년 8월 25일(제2012-000003호)
주소	경기도 시흥시 서촌상가4길 14
전화번호	(031)498-8085
팩스	(031)498-8084
홈페이지	cad96.com
이메일	cad96@chol.com
편집/디자인	(주)북랩 김민하

ISBN   979-11-953953-4-7 03810(종이책)   979-11-953953-6-1 05810(전자책)

이 도서의 국립중앙도서관 출판예정도서목록(CIP)은 서지정보유통지원시스템 홈페이지(http://seoji.nl.go.
kr)와 국가자료공동목록시스템(http://www.nl.go.kr/kolisnet)에서 이용하실 수 있습니다.
(CIP제어번호 : CIP2020003578)

우리, 조금 늦게 만났더라면

임승현 장편소설

정기획

본 소설은 부록(군 입대 예정자가 쓰는 D-100일간의 일기)을
재구성하여 소설의 형태로 풀어냈기 때문에,
본문의 내용과 부록의 내용이
일치하지 않는 부분이 있을 수 있음을 알려드립니다.

'흔들리는 벚꽃잎은 곧 떨어지도다.'
'불안정한 사랑'이란, 아주 잠시의 희열을
느끼게 해주는 마약일 뿐.

'저 말이죠···. 정말, 더 이상은 살아갈 용기가 남아있지 않습니다.
제 모든 것은 이미 산산이 부서져 내려버렸어요.'

봄의 시작을 알리는, 이 세상의 잠들었던 모든 생명을 일깨우는
봄비가 나에게만큼은 절망이 되어 감정선의 피부층을 뚫고 있었다.
제 할 일을 찾아 바쁜 발걸음을 움직이는 사람들 사이로, 우산 하
나 쓰지 않은 채 비를 맞으며 한없이 걷던 내 머릿속엔 온통 절망만
이 가득했다.

그렇게 몇 시간이 지났을까. 꼬깃꼬깃 비에 젖은 5만 원 권을 들
고 유흥가의 어떤 모텔을 찾았다.

"방 있나요?"

온통 비에 젖은 나는 숙박업소에 들어서자마자 카운터 직원에게 물었다. 비에 젖은 5만 원 권을 받는 직원의 모습은 썩 좋아 보이지 않았다. 그럴 만도 한 것이, 돈을 건네는 나의 모습은 누가 보아도 오늘 무언가 일을 터뜨리려고 작정이라도 한 사람처럼 보였기 때문이다. 목소리에서는 조금의 힘도 느껴지지 않았고, 눈은 한껏 풀려 있으며, 목소리 끝에는 알 수 없는 떨림만이 느껴질 뿐이었다.

509호. 잠시 몸을 누일 방의 카드키를 받은 나는 조금의 망설임도 없이 엘리베이터로 향했다. 버튼을 누르자 절망에 빠진 나를 한참을 기다리기나 한 듯, 엘리베이터의 문이 활짝 열렸다. 발끝에 묻어나는 빗자국을 바라보며 고개를 푹 숙이고는 구석 자리에 서서 5층을 눌렀다. 숨을 한번 크게 들이쉬고 한숨을 내쉬자 엘리베이터는 나를 5층의 로비로 안내했다. 그곳은 내 속마음을 알아차리기라도 한 듯 정적만이 흐를 뿐이었다.

카드키로 문을 열고 방 안으로 들어서자마자 너무나도 익숙한 숙박업소의 침구 냄새가 내 코를 자극했다. 몇 달 전만 해도 그녀와 나는 숙박업소를 드나들며, 표백제 냄새가 묻어있는 이불을 함께 덮고 서로에게 평생을 약속하며 밤을 보내곤 했다.

이내 추억이 묻은 침대에 젖은 몸을 있는 힘껏 던진 뒤 홀로 누웠다. 방 안엔 고요한 정적이 흐를 뿐이었다. 그녀는 지금 뭘 하고 있을까. 그녀 생각에 붉어진 눈시울을 애써 참아내고 있었다. 이불도 덮지 않은 채 모서리에 틀어박혀서는 핸드폰으로 '자살 상담 센터'

를 검색하여 아무 곳이나 전화를 마구 걸어댔다.

　그렇게 몇 시간을 전화기를 붙잡고 어쩌면 인생의 마지막이 되었을지도 모르는 눈물을 흘리며 울부짖었다.

　이따금 떨리는 손으로 부서져 버린 정신을 주섬주섬 부여잡고서, 나는 다시 300원짜리 펜을 들고는 노트에 글을 써 내려가기 시작했다.

　모든 순간이 정지하려던 모텔방의 창문을 여니
다시금 해는 떠오르고 있었다.

　- 시작과 끝의 순간에 서서 너의 기억을 추스르며

　　　　　　　2016년 5월 천안의 어느 모텔 방에서

우리, 조금 늦게 만났더라면

깨어지지 않는 다이아몬드처럼 써 내려가는 글 아래
그대를 내 품에 가득 안고는, 그 틈이 깨어지지 않길 바라며.

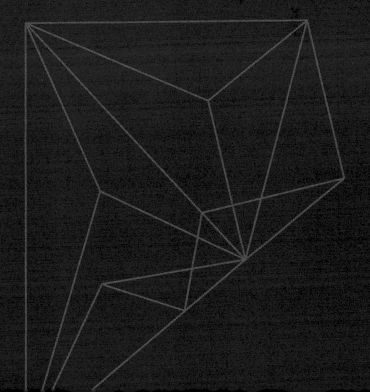

차례

프롤로그 ··· 6

#1. 너에게 나는, 그저 아픔이었다 ··· 12

#2. 만남은 나를 변화시키고, 헤어짐은 나를 또다시 변화시키도다 ··· 14

#3. 희망이 적을수록, 나의 사랑은 더욱 뜨거워지도다 ··· 20

#4. 인간이란 본래 과거에 사는 법 ··· 24
어쩌면 지금도, 훗날에 추억할 어떤 추억거리들을
만들어가고 있는지 모른다

#5. 한 줌 남은 사랑마저 처절히 짓밟힐지언정 ··· 32
그 모든 순간 함께한 당신을 그리며

#6. 나의 사랑은 그녀에겐 집착이었고, 나에겐 지옥이었다 ··· 38

#7. 가장 훌륭한 포도주가 가장 독한 식초로 바뀔 수 있듯이, ··· 52
깊은 사랑도 한순간 가장 지독한 혐오로 바뀔 수 있다

#8. 소년이 어른이 되어 세상을 알아갈 때 ··· 57
하얀 마음은 점점 어두워지고,
잠 못 이루는 날이 많아지겠지

#9. 오늘도 나는 심장을 도려내며, '너'라는 기억 속에 ··· 64
창작이라는 비극을 만들어내도다
어디선가 들려오는 환청이 네 음성으로 가득할
즈음, 비로소 글을 완성해 내도다

#10. 버티는 삶은 느린 자살과 같다 ··· 71

#11. 한참 피어나던 장면에서 넌 떠나가려 하네 ··· 79
벌써부터 정해져있던 얘기인 듯

#12. 과연 내가 갈망하는 길은 막연한 기대감인가, ··· 101
그 끝에 오는 처절한 상실감인가

#13. 사랑을 하는 사람과 사랑을 받는 사람은 항상 따로 있어 ⋯ 117

#14. 밤이라는 문제는 오롯이 남아 있다 밤을 어떻게 가로질러야 할 것인가? ⋯ 137

#15. 당신을 향한 나의 사랑은 언제나 여름이었다 ⋯ 146
허나 당신은, 겨울을 좋아했다

#16. 실연당한 사람의 뇌는 마치 그에게 사랑을 고백하지 못해 안달이 난 ⋯ 153
첫 만남의 뇌 상태'를 경험한다

#17. 그리고 우리는 아직도 서로 뒤엉켜 있다 ⋯ 162
그녀는 반쯤 살아있고, 나는 반쯤 죽은 채로

#18. 다만 분명한 것은, 수 년을 괴롭히도록 아팠던 ⋯ 167
헤어짐은 살집을 도려내는 고통으로써 나를 성장시킨다는 것이다

#19. 흔들리는 벚꽃잎은 곧 떨어지도다. ⋯ 180
'불안정한 사랑'이란, 아주 잠시의 회열을 느끼게 해주는 마약일 뿐

#20. 인생의 가장 큰 영광은 결코 넘어지지 않는 데 ⋯ 195
있는 것이 아니라 넘어질 때마다 일어서는 데 있다

#21. 어느새 우리는 멈춰 있었다 ⋯ 210
그러나 세차게 몰아치는 소낙비만은 그러하지 못했다

#22. 너는 내가 읽은 가장 아름다운 구절이다 ⋯ 219

#23. 지독한 사랑은 곧 끝을 보여내고 말지만, ⋯ 225
언제나 나의 가슴은 그녀에게 봄을 선물하기를 소망하며

에필로그 ⋯ 235

작가의 말 ⋯ 243

부록 _ 군 입대 예정자가 쓰는 D-100일간의 일기 ⋯ 245

그 후, 2019년 새로운 설렘을 선물해준 고마운 사람에게 ⋯ 267

#1.
너에게 나는, 그저 아픔이었다

그로부터 3년이 지난 2019년 4월의 어느 늦은 밤. 번화가 거리는 전단지가 마치 온 거리를 장식하기라도 한 듯이 여기저기 널려 있었고, 그 위엔 온통 기다리던 주말을 맞이하며 각기 다른 목적을 가지고 술집으로 향하는 사람들뿐이었다. 그곳에 위치한 한 카페를 친구와 함께 찾은 나는 야외 테라스에 앉아 회상에 젖어 알 수 없는 미소를 짓고 있었다.

"용호야, 그때 기억나?"
허공을 바라보며 앉아 있는 용호에게 내가 물었다.
"언제?"
"3년 전 이맘때 쯤일 걸? 밤새 비 맞고 너한테 전화했잖아."
순간 용호의 눈빛이 일그러졌다.
"아… 그때…. 기억나지, 왜?"
"어찌 보면, 내가 지금껏 살아오면서 그때가 가장 힘든 시기이지 않았나 싶어. 하지만 그런 시기를 보내며 외적으로나 내적으로나 가장 많이 성장한 것 같기도 하고… 갑자기 그런 생각이 드네."

굳은 용호의 얼굴과는 반대로, 대담한 말투로 내가 대답했다.

"그런데 갑자기 그 이야기는 왜? 너 그때 나한테 전화해서 울고불고 난리도 아니었잖아. 어휴, 그때만 생각하면 참."

용호가 혀를 끌끌 차며 대답했다.

"지금 생각해보면, 과연 내가 그때만큼 한 여자를 그렇게 한없이 사랑하고, 이별에 지독히 무너져 내릴 수 있을까 싶어. 그래서 그때의 이야기들을 글로 써 볼까 하는데⋯. 어때?"

용호는 잠시 고민을 하더니 이윽고 대답했다.

"괜찮겠어? 다시 떠올려도?"

"응."

#2.
만남은 나를 변화시키고,
헤어짐은 나를 또다시 변화시키도다

- 임승현, 작가

2013년 3월, 고등학교를 자퇴하고서 여느 때와 다를 것 없이 지하 연습실에 틀어박혀 예대 입시를 준비하고 있었다. 어렸을 적부터 음악을 사랑했던 나에게는 남들과 다른 습관이 있었다. 음악을 귀로만 듣는 것이 아닌, 상상력으로 듣는 것이 바로 그것이었다. 나는 노래를 들을 때면 가사에 푹 빠져서 주변의 다른 어떤 것에도 신경을 쓰지 못했다. 노래를 들으며 혼자만의 상상에 빠졌다. 수없이 펼쳐진 관객 앞에 서서 공연하는 상상을 하고, 코러스를 부르며 퍼포먼스를 하는 나 자신을 상상하며, 관객과 함께 웃고 우는 모습을 상상하는 것만이, 그 상상을 내 미래로 만들기 위한 모든 노력만이 내 삶의 유일한 낙이었다.

그러나 고등학교를 자퇴한 것은 꼭 음악을 향한 내 꿈 때문만은 아니었다. 사실 남들이 보기엔 지루한 일상을 떠나고 싶다는, 자유로운 선택과 삶을 갈망하는 철없는 어린아이의 방황일 뿐일지도 모른다. 때로는 일탈을 즐기며 동네 친구들과 어울리기도 하고, 때로는 사고도 치는, 그저 꿈을 가진 비행 청소년에 불과했는지도 모르겠다.

연습실에 앉아 이루마의 'River flows in you'를 연주했다. 보컬 전공을 준비하고 있던 내가 틈틈이 연습하던 곡이었다. 피아노에는 영 소질이 없었지만, 피아노에 관심을 갖고 있기 때문이기도 했다. 서투른 손으로 불협화음을 내며 피아노를 연주하던 중 전화기가 울렸다.

"여보세요?"

얼마 전 일하던 치킨집의 사모님이었다.

"승현아, 이번 주 목요일에 잠깐 나와 줄 수 있니?"

"네! 오후 6시까지 출근하면 되죠?"

사모님께서 급히 나에게 도움을 청하셨다. 내가 배달 일을 그만 두고 새로 들어온 친구가 그만 사고가 나버렸다는 것이다. 안타까운 소식이지만, 가게는 운영이 되어야 하기에 선뜻 도와드리겠다고 말씀을 드렸다.

일주일만 도와드리기로 약속하고는 전화를 끊었다.

2013년 3월 28일 목요일

치킨집 배달을 도와드리기로 한 날이다. 오늘부터 일주일만 도와드리면 된다. 오늘따라 바람이 세고 유난히 춥지만, 늘 하던 일이라 거부감은 없었다. 다만 추운 날씨 때문에 평소 신던 슬리퍼 대신 운동화를 신고, 바지 두 겹과 두꺼운 패딩을 입고 출근을 했다.

역시나 배달은 고된 일이다. 겨울의 찬바람이 옷을 뚫고 들어오고 있었다. 어느새 얼굴을 시뻘겋게 달아올라 있었고, 몇 시간 동안의 오토바이 주행에 두 손은 부르터 있었다. 정신없이 치킨을 배달 하던 중 10시쯤 되었을까? 메시지가 한 통 왔다. 핸드폰을 켜고서 나는 두 눈을 의심했다. 2년 전에 헤어진 전 여자친구, 정인이었다. 사실 그녀에 대한 기억으로 최근까지도 힘들었던 나는, 그녀의 이름을 보는 순간 가슴이 철렁 내려앉았다. 동그래진 눈으로 조심스레 메시지를 읽어보았다.

'승현아, 뭐해?'

뭐라고 답장을 해야 할까. 그녀는 대체 왜 이제야 나를 찾는 것일까. 비록 어린 나이의 사랑이었지만, 2년이 지난 지금도 잊지 못할 정도로 많은 추억을 남겨준 그녀였다. 한참을 고민한 나는 답장을 보냈다.

'나야 일 중이지. 왜?'

답장을 보내자 바로 그녀에게 메시지가 왔다.

'잘 지냈고? 다름이 아니고, 이번 주 일요일에 나 좀 만나줄래? 하고 싶은 이야기도 있고, 보고 싶기도 하고…'

찬바람에 얼어붙은 줄만 알았던 내 몸속의 모든 핏줄이 다시금

우리, 조금 늦게 만났더라면

제 역할을 시작하기라도 한 듯 가슴이 뛰고 온몸에 피가 도는 것이 느껴질 만큼 흥분되었다.

그녀도 나를 그리워했던 것일까? 우리는 이번 주말에 만나서 어떤 이야기를 나눌까?

이런저런 생각을 하며 알겠다는 대답과 함께 일요일 약속을 잡고서는 다시금 들뜬 마음으로 배달을 떠났다. 도저히 운전에 집중이 되지 않고 내 머릿속엔 온통 그녀만이 가득했다.

'이번 배달 다녀와서 일요일에 뭐 할지 메시지로 이야기해야겠다.'

생각하고는 저 멀리 신호등이 초록불인 것을 확인하고는 오토바이의 스로틀을 더 당겨 속도를 올렸다.

'우리, 다시 사랑할 수 있을까?'

빠------앙-----!!

귀를 찢을 듯 날카로운 경적소리가 나를 위협하는 듯 고막을 때리고 있었다. 순간적으로 신호를 보니, 내가 본 초록불은 직진 신호가 아닌 좌회전 신호의 초록불이었고, 나는 지금 신호 위반을 하고 있었던 것이다. 반대편 차선에서 좌회전을 하던 차량이 경적을 울리고 있었다. 시속 90㎞로 질주하던 내가 브레이크를 밟기에는 이미 너무 늦었다는 것을 깨달은 순간 반대편 차량은 내 왼쪽 측면을 들이받았다. 순간 내 몸은 하늘 높이 떴고, 머릿속엔 많은 생각이 스쳐 지나갔다.

'이대로 죽는 건가?'
'어머니는 날 보며 어떤 표정을 지으실까? 나 때문에 울면 어떡하지? 나 이대로 죽는 건 괜찮지만, 어머니 우는 모습은 상상할 수 없는데…'
'그녀와 약속한 일요일은? 2년이 지난 지금에서야 그녀에게 연락이 왔는데 이렇게 비참히 무너져 내려야 하는 건가?'

찰나의 순간에 너무나 많은 생각이 스쳐 지나갔다.
나는 가로등에 머리를 박고 아스팔트 바닥에 처박혀 몇 바퀴를 구르고서야 멈추었다.

'아… 살았다. 만날 수 있겠구나.'

나는 그렇게 바보였다. 살아있음이 아닌, 그녀를 만날 수 있다는 사실에 안도할 정도로.

몇 초나 지났을까. 왼쪽 발에서 미친 듯이 몰려오는 통증에 상체를 일으켜 도로 한복판에 앉았다. 이마에서 무언가 따뜻한 액체가 흘러내렸다. 피였다. 붉은 핏방울이 이마 위에서 흘러내리고 있었고, 그 광경을 지켜본 한 아저씨는 나에게 누우라며, 일어나면 안 된다며 날 보살펴 주셨다. 정신을 잃지 않도록 말을 걸어주셨고, 119를 불렀으니 조금만 참고 버티라고 말씀해 주셨다.

우리, 조금 늦게 만났더라면

발가락이 잘려 나갔을지도 모르겠다는 생각이 들 정도로 발의 고통은 점점 심해져만 갔다. 처음 느껴보는 고통이었다. 뼈가 부러졌다는 느낌이 아닌, 발이 불에 타고 있는 듯한 느낌이 들 정도로 작열감을 느꼈다.

119가 도착하고, 구급대원에게 가쁜 숨을 몰아쉬며 말을 건넸다.

"하… 아… 아저씨… 저, 발 잘린 거 아니죠…?"

신음을 내며 간신히 말을 꺼낸 나의 질문에 구급대원은 지금은 확인해줄 수 없다며 피로 범벅이 된 나를 병원으로 이송시켰다.

한 종합병원의 응급실에 도착했다. 사고 소식을 들은 친구와 어머니도 응급실에 도착했다. 바지와 양말을 잘라내고 발이 잘려 나가지는 않았음을 확인하고 안도했으나, 불에 타는 것 같은 미칠 듯한 통증은 전혀 가시질 않았고, 상처에 기름을 붓는 듯 통증은 점점 더해만 갔다. 그런 내 모습에 눈물을 흘리며 지켜보는 어머니의 모습에 내 가슴 또한 함께 무너져 내렸다.

찢어진 이마를 꿰매고, X-ray 촬영을 하고는 수술을 진행해야 하지만 외상이 너무 심해 수술을 진행할 수 없다는 의사의 소견을 듣고 입원 절차를 밟았다. 예고 없이 갑작스레 내게 찾아온 교통사고로 입원을 하니 허탈한 마음을 감추기란 참으로 어려웠다.

새벽 2시. 입원복으로 환복 후 병실 자리에 누웠다.

그리고 그날 밤 나는, 미칠 듯한 고통으로 인해 잠을 이루지 못했다.

너와의 이별 때 겪은 고통 역시 이 정도로 아팠는지도 모르겠다.

#3.

희망이 적을수록,
나의 사랑은 더욱 뜨거워지도다

- 테렌티우스, 극작가

겨우내 불어오던 칼바람은 한 걸음 물러서고, 병실 창가에는 어느새 따스한 햇살이 내리쬐고 있었다. 입원한 지 한 달이 넘어가고 있다. 날이 갈수록 지겨워지는 병원 생활에 이제는 치가 떨릴 정도였다. 입원 후 나를 찾아와 내 곁에 누워 며칠 동안 나를 보살펴 주던 그녀는 무슨 이유에서인지 그 후로 얼굴을 볼 수 없었다. 물론, 연락조차 없었다. 다만 2년이라는 기나긴 이별의 여파인지, 이제는 더 이상 그녀에 대한 마음이 남아있지 않았다. 이상하게도. 지난 2년간 그녀를 그리워했는데, 이렇게 잠시 나타나 다시금 떠나가니 일말의 미련조차 남지 않았다.

어느덧 봄이라는 계절이 5월과 함께 찾아왔고, 거리엔 온통 노란 개나리꽃이 만개하고 있었다. 병원 앞을 지나는 사람들의 옷차림도 한층 가벼워졌음을 보자, 병실에 누워 지내는 나 또한 봄이 왔음을 알 수 있었다. 병원 생활을 하다 보니 나의 외로움은 극에 달해 있었다. 지난 시간 동안 내가 병실에 누워서 할 수 있었던 것이라고는 늦은 새벽에 몰래 나와 병원 앞 PC방에서 통증을 참아가며 게임을 하는 것이 전부였을 정도로 사람을 만날 기회가 없었다.

여느 때와 같이 병실 침대에 누워 SNS를 켰다. 그때, 한 여자에게
서 메시지가 왔다. SNS에서 내 사진을 보고 연락한 것이다.
'안녕하세요!'
외로움에 가득 찬 눈빛으로 메시지를 읽은 나는 재빨리 답장을
보냈다.
'네, 안녕하세요. 누구세요?'
그녀는 내게 사진을 보고 마음에 들어 연락을 해봤다고 했다. 허
나 나는 순간의 외로움을 느낄 뿐 그녀에게 큰 관심이 없었다. 그래
서인지 조금의 망설임 없이, 조심스러움조차 없이 대담하게 만나는
게 어떻겠냐고 메시지를 보냈다.
'저 교통사고로 입원해서 너무 심심한데, 한번 만나서 노래방이나
갈래요?'
'네! 내일 오후에 만나요!'
이게 웬걸? 병실에서 이렇게 낯선 여자와 연락이 닿아 만나게 되
다니. '그나저나 내 꼴이 말이 아닐 텐데 괜찮을까?' 하는 생각에 거
울을 보았다. 수염이 잘 자라지 않는 나였기에 딱히 정리할 것은 없
겠다 싶었다.

다음날
드디어 새로운 사람과 추억을 만들 기회가 찾아왔다. 그녀는 17세
로, 나보다 한 살 어리다고 한다. 우리는 지난밤 밤새 메시지를 주고
받으며 말을 놓기로 했고, 단둘이 만나면 어색하니 각자 친구 한 명

씩 불러 네 명이서 만나기로 했다. 아침에 일어난 나는 곧장 친구를 병원으로 불렀다. 부리나케 준비를 하고는 휠체어를 끌고 택시에 올라 그녀가 있는 곳으로 향했다. 경기도 안산시의 동명 상가. 친구와 내가 어릴 적부터 몇 년간 다녀온 와 노래방에 가기 위해 동명 상가에 내렸다.

얼마 만에 맡아보는 사람 냄새인가.

나의 마음은 더욱 설레어갔다.

이윽고 벨 소리가 울렸다.

"오빠. 어디에요?"

"나! 지금 여기가… 와 노래방 건물 앞인데 어딘지 알겠어?"

"아! 오빠 보이는 것 같아요!"

삐-----

그녀는 전화를 끊었다. 그녀는 나를 알아봤지만 시력이 좋지 않은 나는 그녀가 누군지 알아채지 못했다. 저 멀리서 누군가 내게 손을 흔든다. 나는 그녀의 얼굴도 보이지 않았지만 나에게 손을 흔드는 그녀를 향해 반갑게 인사를 했다.

가까이 마주한 그녀의 첫인상은 사실 내 마음에 그렇게 와닿지 않았다. 당시 동네 여자 친구들에게 인기가 꽤나 있던 나였기에, 이러한 만남에 그리 큰 의미를 두지 않았다. 그저 오늘 하루 즐겁게 놀고 헤어지면 될 뿐. 그 이상의 만남도, 그 이하의 만남도 아니었다.

우리, 조금 늦게 만났더라면

어색함을 애써 풀려는 듯 말을 주고받으며 노래방에 들어섰지만 어색한 기류는 생각보다 쉽사리 물러서지 않았다. 내가 먼저 친구와 함께 노래를 선곡했다.

'노을'의 '전부 너였다'를 선곡하고는, 꽤나 괜찮게 불러냈다. 친구와 항상 불러오던 노래였기 때문에 당황하는 기색 없이 여유롭게 불러냈다. 노래를 부르는 내내 그녀의 눈빛은 날 향해 있었고, 그 눈빛으로 인해 나의 마음속 벽은 조금씩, 아주 조금씩 허물어져 갔다.

그렇게 짧은 만남을 뒤로한 채 병원으로 돌아왔다.

그녀에게서 잘 도착했냐는 메시지가 왔지만, 나는 그녀에게 따로 답장을 보내지는 않았다.

#4.
인간이란 본래 과거에 사는 법
어쩌면 지금도, 훗날에 추억할 어떤 추억거리들을
만들어가고 있는지 모른다

- 임승현, 작가

앙상했던 나뭇가지들은 이내 푸른빛을 만발했고, 저들끼리 봄바람에 흔들려 부딪히며, 겨우내 쌓아왔던 이야기보따리를 풀고 있었다. 겨울이라는 계절이 가고, 봄이라는 계절이 물씬 느껴질 정도의 시간이 흐른 만큼, 교통사고의 흔적도 점차 나아가고 있었다. 휠체어 없인 움직일 수 없던 나도 이제는 목발을 사용하며 걷기까지 했다. 왼발의 통증은 여전했지만, 더 이상 병실 생활을 하기 싫었던 나는 일찍 퇴원 처리를 했다.

그날 안산시의 번화가에서는 국제 거리극 축제를 하고 있었다. 얼마 전 만난 그녀는 나에게 국제 거리극 축제에 같이 가자며 메시지를 보내왔었다. 하지만 축제에 관심이 없던 나는 선약이 있다는 핑계로 거절했다. 축제가 열리고 있는 바로 옆 동네 편의점에서 오랜 친구와 만난 나는 이런저런 이야기를 나누고 있었다.

"오랜만이다, 야. 몸은 좀 어떻고?"
친구가 물었다.

우리, 조금 늦게 만났더라면

"말도 마, 그동안 거의 시체였다. 퇴원하니까 세상이 달라 보여. 야, 그리고 내가 어제 퇴원하고 집에 가서 사고 났을 때 신었던 신발을 봤는데 밑창이 다 잘려있더라고, 내가 그날 평소처럼 슬리퍼를 신었으면 지금쯤 내 발은 날아가고 없었겠지?"

내가 말했다.

"뭐? 진짜로? 맨날 슬리퍼 신고 다니던 놈이 뭔 일로 신발을 신었대? 신이 도운 거야, 그거."

친구가 말했다.

"그러니까 말이야…. 안 그래도 어제 집에 가니 엄마가 신발을 보여주면서 신이 도왔다고 그러더라고. 의사 선생님 말씀도 이건 살아난 게 기적이라고…. 앞으로 오토바이는 절대 타지 말라고 하시더라고. 그래서 앞으로는 진짜 못 탈 것 같다 야."

끔찍했던 사고였지만, 이미 지나 보낸 일이기에 멋쩍은 듯 내가 말했다.

띠리리리--- 띠리리리---

편의점 테이블에 놓여있던 내 휴대폰의 벨 소리가 울리기 시작했다. 얼마 전 만난 그녀였다.

"여보세요?"

"오빠 어디야?! 나 지금 거리극 축제 왔는데 오빠 여기로 오면 안돼?"

"미안. 나 다리 아파서 못 가."

"그럼 내가 거기로 갈까?"

"아니야. 나 지금 편의점에서 친구랑 얘기 중이거든. 나중에 만나자."

짧은 통화를 끝내고 곰곰이 생각을 해보니, 나는 아직도 그녀의 이름을 정확히 모르고 있었다. '수아'라는 이름은 알았지만, 성은 모르고 있었다. 그녀는 나에게 관심을 적극적으로 보이며 다가왔지만, 나는 끝내 그녀에게 큰 관심을 주지 않았다.

"누구야?"
친구가 물었다.
"아, 얼마 전에 알게 된 여자앤데, 자꾸 연락 오더라고."
"야이씨, 너 여자친구 생기는 거냐?"
"아니, 나는 별 관심 없어. 그냥 오빠 동생 사이로 지내면 충분해."

띠리리리--- 띠리리리---
몇 시간이 지났을까. 그녀에게서 다시 전화가 왔다.
"오빠, 나 오빠 좋아하는데, 오빠는 아니야? 우리 내일 만나서 이야기 좀 하자."
그녀는 잔뜩 취한 목소리로 내게 말했다. 하지만 그녀의 취한 목소리는 사실 별로 신경 쓰지 않았다. 일탈을 일삼으며 살아온 내게 술과 담배란, 주변 친구들에게서도 아주 흔히 볼 수 있는 것이었다. 물론 나 또한 술과 담배를 했다.
"그러던지. 내일 만나자."
혼쾌히 수락한 나는, 다음 날 경기도 안산시 중앙동의 한 번화가에서 그녀를 만났다. 그녀는 갈색 머리에 한껏 화장을 하고, 회색 봄코트를 입고 나왔다. 밥을 안 먹었다는 그녀의 말에 우리는 중앙동에 위치한 맥도날드에 들어가서는 상하이 스파이시 버거 세트 두

개를 주문하고 2층에 자리했다. 평소 낯을 가리던 나이기에, 두 번째 만남임에도 먼저 말을 건네며 어색한 분위기를 깬 건 그녀였다.

"오빠, 우리 다 먹고 뭐할까?"

"뭐하고 싶은데?"

"음… 오빠, 혹시…."

그녀가 말끝을 흐렸다. 분명 무언가 말을 하고 싶은데 주저하는 눈치였다.

"왜? 괜찮아. 말해도 돼."

그녀의 입에서 어떤 말이 나올지 짐작한 나는, 아무것도 모르는 척 대답했다.

"오빠 혹시… 술 마실 줄 알아? 괜찮으면 술이나 한잔 할까?"

예상이 들어맞았다. 우리는 미성년자였지만, 그렇게 놀라울 일은 아니었다. 내 나이 또래는 대부분 빠르면 중학생, 늦으면 고등학생 쯤부터 술을 배우곤 했다. 어쩌면 나와 가까이 지내는 친구들만 그랬을지 모르지만 말이다. 어쨌건 나는 학교생활을 충실히 하는 평범한 부류는 아니었으니 말이다. 적당히 놀 줄 알고, 적절한 일탈을 꿈꾸는 그런 철없는 아이였을 뿐이다.

"그래, 근데 어디서 마셔? 우리 술집 못가잖아."

내가 말하자 그녀 또한 선뜻 방안을 찾아내지 못하고 있었다.

"아니면 내가 아는 곳 있는데 거기로 갈래? 몰래 마셔야 하기는 한데, 나쁘지는 않아."

그녀에게 내가 아는 곳으로 가자고 제안을 하자 그녀는 그렇게 하자며 나를 따라나섰다.

맥도날드에서 나온 우리는 서둘러 택시를 잡았다. 시계바늘은 어느새 23시를 가리키고 있었다. 짙은 어둠이 찾아오고, 어색한 기류를 깰 필요가 있을 때, 술이란 더할 나위 없이 좋은 방안이었다. 택시는 왕복 8차선 도로를 따라 경기도 안산시 원곡동의 한 아파트에 도착했다. 25층에 달하는 고층 아파트였다. 택시에서 내린 나는 그녀에게 말했다.

"여기야. 내 친구가 사는 곳인데, 여기 옥상에서 조용히 돗자리 깔고 마시면 돼."

그녀와 함께 근처 슈퍼에 들려 돗자리와 술, 과자를 구매한 뒤 아파트 입구에 도착했다.

경비실을 호출한 후, 1203동 주민이라고 말했다. 1층 공동 현관문을 열기 위한 방법이었다. 문이 열리고 엘리베이터로 향하는 우리 사이에 적막이 흘렀다. 이렇게 늦은 시간 단둘이 술을 마신다는 건 분명, 둘에게 어떤 일이 벌어질지 모르기에 더욱 그랬을지 모른다. 엘리베이터 문이 열리고, 25층을 눌렀다. 2층… 3층…. 엘리베이터의 속도가 더디게만 느껴졌다. 25층을 향하는 그 공간 속에서 남자와 여자의 떨리는 숨소리만 느껴질 뿐. 그 어떤 대화도 오고가지 않았다.

띵-동-
'25층입니다.'
느리게만 느껴졌던 엘리베이터가 드디어 꼭대기 층에 도착했다. 자연스레 그녀의 어깨를 감싸고 계단을 오르기 시작했다. 두 층을 더 올라가자 1평 남짓한 공간이 있었다. 서둘러 돗자리를 깔고 함께

앉고는 그녀에게 말을 건넸다.

"어때? 나쁘지 않지?"

"응…. 오빠 여기 엄청 조용하다."

혹여나 주민이 들을까 작게 속삭였음에도 불구하고 둘의 목소리는 조금씩 울려 퍼졌다. 누군가 우리의 목소리를 듣고 올라올지 모른다는 긴장감, 단 둘이 제한적인 공간에 술과 함께 하고 있다는 긴장감이 공존하며 1평 남짓한 그곳의 공기를 차가우면서도 뜨겁게 만들어갔다.

한 잔, 두 잔 비워가던 중 나의 얼굴이 벌겋게 달아올랐다. 하지만 형광등 하나 없는 공간이었기에 그녀는 붉게 달아오른 내 얼굴을 보지 못했을 것이다. 심장 뛰는 소리가 귀에 들릴 정도로 술은 달아올라만 갔고, 정신은 혼미해져 갔다.

"오빠. 오빠는 참 예쁘게 생겼어."

"응? 예쁘다니?"

"손도 여자 손처럼 예쁘고. 아무튼… 그냥 그렇다고. 아~ 몰라. 나 제 정신 아닌가봐…."

그녀가 부끄러워하며 고개를 푹 숙였다. 그녀 또한 나처럼 술에 취한 것으로 보였다.

"머리 아프지? 좀 자. 여기서 자도 돼. 내일 아침 일찍 일어나서 나가자."

입고 있던 점퍼를 벗어 돗자리 위에 깔고는, 그 위에 그녀를 눕혀주었다. 이내 옆자리에 같이 누워서는 그녀를 바라보며 말했다.

"그렇게 차갑진 않지?"

"웅. 괜찮은 것 같아."

순간 서로의 눈이 마주치고, 다시금 어색한 기류가 흐르기 시작했다. 왜 그랬을까. 나도 모르게 눈을 감고 슬며시 그녀의 입술에 입을 맞추었다. 처음으로 느껴보는 그녀의 입술이었다.

그녀의 입술은 마치 순간의 설렘을 한껏 머금은 듯 부드러웠다. 그녀도 눈을 감고 나의 입맞춤을 받아주었다. 나는 다시 한 번 그녀의 뒷목을 감싼 채 입을 맞추고, 천천히, 아주 천천히 혀를 넣고 서로를 한껏 느껴가며 서로에 대해 알아가기 시작했다.

그날 밤 우리는, 처음으로 사랑을 나누었다. 삭막하기만 했던 아파트 옥상의 콘크리트 벽은 서로의 땀으로 메워졌고, 그곳엔 분홍빛 꽃잎들이 피어나기 시작했다. 차갑던 공기는 어느새 서로의 숨으로 한껏 뜨겁게 달아올랐고, 정신을 차렸을 때 그곳은 적막한 하늘 위로 쏟아지는 은하수 보다 밝게 빛나고 있었다.

그리고 이내 서로를 끌어안고는, 깊은 단잠에 빠져들어 갔다.

코를 찌르는 찬 공기에 잠에서 깨어났다. 그녀는 내 손을 꼭 쥔 채 내 품에 안겨 자고 있었다. 조그만 창문을 바라보니 새벽 사이에 빗줄기가 내리기 시작했나 보다. 시계바늘은 오전 9시를 가리키고 있었고, 저 멀리 보이는 도로 위로는 차들이 지나고 있었다. 나는 이내 담배를 한 개비 태운 뒤 그녀를 깨웠다. 그녀는 눈을 비비며 일어났다. 지난밤에 일어난 일에 대해서는 서로 아무런 말도 하지 않았다. 나는 아무런 말 없이 돗자리와 쓰레기를 챙기고 그녀를 데리고 나와 편의점에 들러 우산 하나를 구입한 뒤 그녀와 함께 쓰고 버스 정류장으로 향했다. 갑자기 그녀가 내 손을 잡았다. 그녀는 다시 한 번 내 손이 여자 손 같다며 옅은 미소를 지은 채 내 두 눈을 바라봤다. 나는 멋쩍은 듯 눈을 피했다.

"오빠, 내 이름은 알지?"

"그럼! 알지! 수아잖아!"

"성은 뭔데?"

"어… 음… 아, 그게…. 미안…."

"괜찮아, 박 씨야! 박수아!"

이윽고 버스가 도착했고, 버스에 오르던 그녀는 나를 향해 뒤돌며 내게 물었다.

"오빠한테 나는 어떤 사람이야?"

나는 잠시 망설이다 떨리는 목소리로 대답했다.

"여자친구."

"다시 한 번 말해줘"

"여자친구. 얼른 가."

그녀는 그제야 만족이라도 한 듯 버스에 올라 자리로 향했고, 창가에 앉은 그녀를 향해 손을 흔들자 그녀는 한껏 웃어 보이며 입 모양으로 '사랑해'라고 내게 말했다.

그날은 우리의 이야기가 시작된 2013년 5월 12일이었다.

#5.
한 줌 남은 사랑마저 처절히 짓밟힐지언정
그 모든 순간 함께한 당신을 그리며

- 임승현, 작가

귀를 찌르는 매미 소리에 잠에서 깨어났다. 피아노 옆에 놓인 컴퓨터, 그 옆에 세워진 녹음용 콘덴서 마이크. 연습실이었다. 어느덧 선선했던 봄기운은 물러가고 저 높이 떠 있는 태양은 마치 화가 난 것 마냥 뜨거운 열기를 대지에 뿜어내고 있었다. 차들이 다니는 도로 위에는 아지랑이가 피어올랐고, 사람들은 저마다 손으로 부채질을 하며 걷고 있었다. 봄에서 여름이 되어가는 동안 내 발도 점차 나아갔다. 이제는 목발의 도움 없이도 절뚝절뚝 걸을 수 있는 수준까지 왔다. 왼발이 땅에 닿을 때마다 찌릿한 통증은 있었지만, 조금씩 천천히 나아가고 있었다. 사용하지 않아 근육과 살이 쭉 빠진 내 왼쪽 종아리에도 어느덧 적당한 근육과 살이 붙기 시작했다. 물론 몇 개월의 시간 동안 내 발만 변한 것은 아니다. 항상 혼자 누워 있던 연습실 안에 누워 있는 내 옆자리엔 수아가 함께 누워 있었고, 그녀는 언제나 내 품에 안겨 자고 있었다.

지난 시간 동안 참으로 많은 시간을 함께 보냈다. 함께 노래방도 갔고, 영화도 봤고, 때로는 연습실에서 그녀에게 피아노를 연주해주

우리, 조금 늦게 만났더라면

기도 했으며, 내 전공인 노래도 같이 녹음하기도 했다. 그녀는 모든 걸 신기해했다. 녹음용 콘덴서 마이크, 레코딩 프로그램 등등 일반인이 접하기란 쉽지 않은 것들이 내 연습실엔 너무도 당연하다는 듯 자리하고 있었기 때문이다. 그녀는 항상 나에게 "덕분에 좋은 경험을 한다."며 고마워했다. 번화가 옆에 자리한 내 연습실. 그 주말의 밤은 번화가의 술잔 소리가 커질수록 연습실의 웃음소리도 커져만 갔다.

그녀에게 큰 관심이 없었던 나도 이제는 조금씩 마음을 열고 정을 들이기 시작할 즈음이었다. 어느덧 함께 100일 기념일의 아침을 함께하고 있었다. 어린 나이에 기념일이라고 해봐야 무얼 하겠는가. 그저 함께 시간을 보내는 것만으로 더할 나위 없이 행복할 시절 아니겠는가.

오늘은 일주일 만에 연습실을 떠나 택시로 10분 거리에 위치한 집으로 향하는 날이다. 일주일간의 연습실 생활에 초췌해진 눈빛으로 그녀와 함께 연습실을 나섰다. 그녀의 손을 잡고는 이리저리 흔들며 어린 시절의 순수한 사랑을 한껏 느끼며 길거리를 걸었다. 연습실을 나서 도보 3분 거리에 위치한 버스정류장 길바닥에 앉아서 그녀의 집으로 향하는 버스를 함께 기다렸다. 서로 떨어지기 아쉬운 마음에 수차례 입을 맞추고 한참을 끌어안고는 서로에게 사랑한다는 말을 속삭였다.

"버스 왔다. 오빠, 나 다음 버스 탈까?"

"그래!"

조금이라도 더 같이 있고 싶어 그녀가 꺼낸 말에 내 입가에 미소가 번졌다. 정말 오랜만에 느껴보는 순수한 사랑이다. 그녀는 나를 꾸밈없이 사랑했고, 나 또한 그녀에게 마음의 문을 열어가고 있었다. 이윽고 두 번째 버스가 도착했고, 그녀는 버스 문이 열리기 전까지 내 품에 꼭 안겨 있다가 갑작스레 나에게 입을 맞추고는 사랑한다는 말과 함께 버스에 올랐다. 창가에 앉은 그녀는 2013년 5월 12일, 그날처럼 나에게 입 모양으로 '사랑해'라고 속삭였다.

그녀를 보내고서 나는 택시를 타고 집으로 향했다. 초지동의 한 중학교 옆에 위치한 아파트. 참으로 오랜만에 오는 것처럼 느껴진다. 익숙한 공동 현관의 비밀번호를 누르고, 2층에 위치한 집으로 들어섰다.

그날 저녁. 그녀에게서 전화가 왔다.

"오빠 집이지?"

"응. 집이지. 왜?"

"집 앞으로 나와 봐!"

"무슨 소리야? 우리 집 앞이야?"

"응! 얼른 나와, 오빠!"

무슨 일인가. 그녀가 우리 집 앞에 찾아오다니. 우리 집은 그녀의 집에서 버스로 한 시간이나 걸릴 만큼 꽤나 먼 거리에 있었다. 전철이나 차를 이용하면 그리 먼 거리는 아니었지만, 그녀의 집과 내가 사는 집을 잇는 교통편이 그리 좋은 편은 아니었다. 때문에 당시 어린 나이의 우리가 드나들기 쉬운 거리는 아니었음은 분명하다.

깜짝 놀란 나는 추리닝과 슬리퍼를 신고 집 앞으로 나섰다.

멀리서 그녀가 걸어온다. 손에 무언가를 들고 있다. 이내 그녀는 나를 확인하고는 멀리서부터 달려와 내게 안기더니, 손에 들고 있던 인형을 내게 주며 말했다.

"이거 우리 100일 선물이야! 오빠랑 똑같이 생겼지? 생각나서 인형 뽑기에서 뽑아왔어!"

인형은 한껏 졸린 눈을 한 곰 인형이었다. 그녀는 항상 내 눈을 보며 졸려 보인다고 했다. 교통사고의 여파인지, 그 후로 눈을 항상 똑바로 뜨지 못하고 반쯤 감고 있었기 때문이다.

"고마워…"

조그마한 인형이었지만, 나는 그때부터 진정으로 그녀를 사랑하게 되었는지도 모른다.

100일. 어린 날의 사랑에 있어 누군가에게는 굉장한 설렘을 선물할 기념일을 나는 별 대수롭지 않게 여기며 방구석에 누워 휴대폰을 만지고 있었는데, 그녀는 지난 며칠을 생각하고 기대하며 오늘 이렇게 먼 거리를 건너 나를 찾아온 것이 아닌가.

그녀에게 아무것도 선물해주지 못했음에 미안한 감정이 몰려오기 시작했다. 그녀는 나에게 무언가를 바라지는 않았지만, 나는 자신에게 화가 났다. 이렇게까지 나를 사랑해주는 그녀에게 조금의 추억조차 선물할 생각을 하지 않았다니.

그녀에 대한 미안한 마음이 먹구름처럼 무거워져만 갔다. 이내 나는 별다른 말을 하지 못하고 조용히 그녀를 안아주었다. 그녀의 머리를 쓰다듬으며 내가 말했다.

"미안해. 수아야. 솔직히 말해서, 나 생각도 못하고 있었어. 근데 나 있잖아, 오늘 네 모습에 진심으로 사랑에 빠진 것 같아. 내가 미안해. 그리고 사랑해."

그러자 그녀의 눈에서 눈물이 조금 흘러나오기 시작했다. 사실 그녀는, 나에게 진정한 사랑을 받지 못하고 있다는 걸 알고 있었는지도 모른다. 그저 이전보다 조금씩 마음의 문을 열고 있었을 뿐. 그 서러운 마음이 지금에 와서야 이슬 같은 눈물과 함께 녹아내리고 있는지도 모른다.

나는 그런 그녀를 말없이 안아주었다.

나는 끝없이 속으로 되뇌었다.

'수아야. 나를 만나면서도 한편으론 서운함과 허전함을 느꼈지? 미안해. 이제 그 작은 공간을 나로 채워줄게.'

그제야 어두운 하늘을 장식하고 있는 고독한 달빛이 그녀와 나를 함께 비추며 축복하기 시작했다. 모든 별빛은 일제히 우리의 장면을 기억하기 위해 온 힘을 다해 빛을 뿜어냈다. 찬란한 빛이 다시금 그 힘을 잃어 온 세상의 모든 빛은 사라지고, 그녀와 나의 모습만 희미하게 보일 때, 나는 그녀의 입술에 입을 맞추었다.

#6.
나의 사랑은 그녀에겐 집착이었고,
나에겐 지옥이었다

- 임승현, 작가

　며칠이 지난 어느 늦은 밤, 나는 집 앞으로 홀로 나와 근처에 있는 벤치에 앉았다. 하늘을 보니 왠지 모를 두려움이 찾아올 것만 같은 외로운 밤이었다. 길거리엔 이상하게도 사람이 보이지 않았고, 내가 앉은 자리를 비추는 가로등만이 쓸쓸한 빛을 쏟아 내릴 뿐이었다. 나는 담배 한 개비를 꺼내 입에 물고, 라이터로 불을 붙였다. 불을 붙이고 첫입을 떼자, 알 수 없는 어떤 두려움이 조금은 가라앉는 듯했다.

　과연 혼자만의 착각인 것일까. 오늘 밤은 어찌하여 이리도 외롭고 두려운 것일까.

　담배 연기와 함께 혼자만의 생각에 빨려 들어갔다. 내 머리는 온통 내 심정을 복잡하게만 만들어갔고, 담배 연기는 타들어 갈수록 그런 나를 진정시키려 하는 듯했다. 담배가 다 타내려갈 때쯤, 수아에게 전화가 걸려왔다.

　"여보세요?"

　"응, 수아야"

"오빠, 뭐해?"

"나 지금 집 앞에 잠깐 나와 있어."

"오빠, 나 오늘 친구 집에서 자도 돼?"

"마음대로 해. 친구 집 도착하면 연락하고. 걱정시키지만 말고."

그녀의 질문에 나는 일말의 고민도 없이 대답했다. 세상 그 누구보다 그녀를 믿었고, 그런 그녀의 사생활을 침해하고 싶지 않았기 때문이다. 전화를 끊은 나는 담배 한 개비를 입에 다시 물고는 십년지기 친구인 찬승이에게 전화를 걸었다.

"찬승아, 어디냐?"

"나? 원곡동이지!"

"할 거 없으면 우리 동네로 와. PC방이나 가자."

"거기까지 가라고? 너무 먼데…. 가면 맛있는 거 사줄 거야?"

"알았으니까 오기나 해."

차가운 말투로 그에게 말했다. 누군가에게 살갑게 대하는 것이 익숙하지 않던 나였기에 언제나 감정 섞이지 않은 듯한 말투로 말하곤 했다. 반면 친구 찬승이는 언제나 밝은 아이였고, 낙천적이지만 때때론 선을 넘는 것을 자제하지 못하는 그런 사고뭉치 같은 친구였다. 전화를 끊은 나는 알 수 없는 두려움을 벗어나기 위해 서둘러 PC방을 향해 걸었다.

어둠은 잠시 가라앉는 듯했다.

PC방에 도착한 나는 10시간을 결제한 뒤 '리그 오브 레전드'라는 게임에 접속했다. 10분 뒤 친구 찬승이도 도착해 내 옆자리에 앉아 같은 게임에 접속했다. 그런데 어쩐 일인지 친구 집에 간다던 그녀에게서 연락이 오지 않았다. 무슨 이유일까. 잠시 생각한 나는 '별일 아니겠지. 친구랑 노느라 연락이 없는 것이겠지.'라고 생각하며 게임에 열중했다. 멀리서 온 친구를 위해 컵라면과 음료수를 사주었고 정신없이 게임에 빠져들어 시간 가는 줄도 모르고 있다가 정신을 차리고 보니 어느덧 시곗바늘은 새벽 2시를 가리키고 있었다.

새로운 게임을 시작하고 5분이나 흘렀을까. 휴대폰의 벨 소리가 울리기 시작했다. 여자친구인 수아에게서 걸려온 전화였다. 한 판 한 판 승패에 따라 점수가 오르내리는 게임이었기에 전화를 받을까 잠시 망설였지만, 나는 전화를 받았다.

"응. 늦게 전화했네? 이제 친구 집 간 거야?"
"……."
"여보세요? 수아야?"
"……."
"무슨 일 있어? 왜 말을 안 해"

잘못 걸린 전화가 아니었다. 그녀는 분명 내게 전화를 걸었으며, 전화기 너머로 훌쩍거리는 소리가 들리고 있었다. 그녀는 분명 울고 있었다.

"수아야 왜 울어. 말해봐"

"오빠…."

"왜? 괜찮아? 얼른 말해봐. 어디야?"

"나… 당한 것 같아."

휴대폰을 어깨와 볼에 끼워 고정한 뒤 게임을 하며 전화를 받던 나는 그녀의 말을 듣는 순간 마우스를 내려놓았다. 온몸에 저릿한 긴장감이 몰려오기 시작하고, 시야는 흐려지기 시작했으며, 몰려오는 긴장감과 함께 심장은 내 숨통을 당장이라도 끊어버리기라도 할 듯 간신히, 그저 간신히 뛰고 있었다.

"무슨 소리야?"

내가 말했다. 하지만 그녀는 답이 없었다.

"무슨 소리냐고. 빨리 말해."

"……."

그녀는 대답 없이 하염없이 울기만 할 뿐이었다.

"빨리 말해. 누구야?"

"태권도 사부님…."

"무슨 소리야? 친구 집 간다며. 아니 씨발…! 아무튼 어디야. 거기로 갈 테니까."

"중앙동."

터져 나오는 분노를 절제하지 못한 내 입에서 욕이 튀어나오고 말았다. 그녀는 분명 친구인 원희네 집에서 잔다고 했다. 그런데 이게 무슨 말인가? 원희라는 친구와 함께 다니던 태권도 사부님에게 당했다니? 나는 도저히 지금의 상황을 이해할 수 없었다. 그렇다면 그녀는 내게 친구 집에서 잔다는 거짓말을 하고, 태권도 사범과 놀고 있었다는 것인가? 도저히 현재 상황을 이해할 수 없던 나는 결국 폭발하고 말았다.

"찬승아, 나가자. 오늘 나 좀 도와줘."
"왜? 무슨 일인데?"
"가면서 얘기하자 시간이 없어."

잽싸게 컴퓨터를 꺼버리고 친구와 함께 PC방에서 뛰쳐나왔다. 나의 부탁이라면 언제든, 어떤 어려운 부탁이든 함께해주는 친구였다. 매사에 겁이 없던 우리는 언제 어디서든 일을 저지를 준비가 되어있던 철없는 친구였다.

우선 PC방과 가까운 거리에 위치한 우리 집에 들렀다. 잠시 고민하던 나는 결심이라도 한 듯 부엌에서 칼 한 자루를 꺼내 들었다. 잠시 칼을 바라보던 나는 주섬주섬 주머니에 챙겨 넣고 집 앞으로 나와 친구에게 말했다.

"야. 진지하게 들어."
"뭔데?"
"내 여자친구가 성폭행당한 것 같아. 가서 확인해보고, 그 씨발 놈의 사범 새끼 내 눈에 띄면, 죽인다."

"뭐? 알았어. 일단 가자."

친구는 잠시 놀란 표정을 지었지만 이내 진지하게 대답하며 나를 따라왔다. 우리는 황급히 뛰어 지나가는 택시를 잡고는 중앙동으로 향했다. 중앙동은 안산시에서 가장 번화한 동네였으며, 온통 술집과 모텔이 펼쳐져 있어 유흥의 밤이 펼쳐지는 곳이었다. 분명 친구 집에서 잔다던 여자친구가 지금 그런 동네에 있다는 현실 자체가 믿기지 않았다. 그녀가 나에게 거짓말했음을 나는 분명 알고 있었다. 그렇기에 내 분노는 점차 걷잡을 수 없이 커져만 갔다.

한참을 손바닥에 땀이 나도록 주머니 속의 칼을 움켜쥔 채 무언가를 결심한 순간, 택시는 그녀가 있는 주차장에 도착했고 나는 그녀에게 전화를 걸었다.

"어디야."

한마디를 꺼낸 순간 저 멀리서 휴대폰을 귀에 댄 채 걸어오는 한 여자가 보였다. 여자친구인 수아였다. 나는 당장 그녀에게 달려가 다짜고짜 그 새끼 어디 있냐며 쏘아붙였다.

"너는 지금, 나한테 그런 말밖에 못 해?"

그녀가 눈시울을 붉히며 말했다. 그녀의 눈빛이 바라고 있는 건 자신을 위로하는 따뜻한 포옹일지 모른다. 허나 나는 처절한 상실감과 배신감에 그녀를 찾아간 것이었다.

"당장 말해. 그 씨발 놈 죽여 버리게. 그 새끼 어디 있어."
"가서 뭔 짓 할 건데? 그러면 약속해. 아무 일도 저지르지 않겠다고 약속해. 난 그냥 술에 취해 잠들었고, 잠에서 깨니 지퍼가 풀려 있었고, 느낌이 이상했을 뿐이야."
"알았으니까 빨리 말해. 어디야."
"K모텔 408호. 비밀번호는 4508."
"넌 여기 있어. 친구랑 다녀올 테니까."

떨리는 목소리로 말한 나는 친구를 데리고 K모텔로 향했다. 모텔로 향하는 내내 나의 발걸음은 무거웠지만, 도저히 멈추지 않고, 오히려 빠르게 움직였다.

도착한 곳은 K모텔, 직원이 상주하지 않는 무인 모텔이었다. 어렵지 않게 4층으로 향한 나는 끝없이 펼쳐진 복도를 돌아 408호를 찾았다. 어쩌면 끝없이 펼쳐진 복도는 나의 끝없는 증오와 복수심이었을지 모른다. 그곳은 카드키 타입이 아닌 비밀번호로 문을 여는 방식이었다. 문 앞에 선 나는 잠시 친구의 얼굴을 바라본 뒤 깊은 심호흡을 내쉬고, 얼른 비밀번호를 눌러 문을 열었다.

띠리리리-
도어락이 열렸다. 떨리는 손을 부여잡은 채 조심스레 문을 열었다. 그 문은 무거운 마음과는 달리 생각보다 가볍게 열렸고, 문짝 너머로는 어떤 소음도 들리지 않는 고요함이 가득했다. 신발도 벗지 않은 채 친구와 나는 무언가에 홀린 듯 어둠 속으로 들어갔다.

딸깍.

불을 켰다. 한 남자가 자고 있었다. 하체에는 청바지를 입고 있었지만, 상체에는 아무것도 걸치지 않은 맨몸이었다. 바지만 입은 채 누워 있는 저 남자와 내 여자친구가 한 방에 있었다는 생각을 하니 분노는 더욱 걷잡을 수 없이 증폭되어갔다. 누워 있는 그 남자를 한참이나 뚫어지게 쳐다보다가, 조심스레 주머니에서 칼을 꺼내 들었다.

순간 온몸이 떨리고 이마에서 땀줄기가 흐르기 시작했다. 방안에는 긴장감이 흐르기 시작했지만, 누워 있는 저 남자는 자신에게 어떤 일이 들이닥칠지 모른 채 평온한 표정으로 잠들어 있었다. 긴장되는 순간, 내 머릿속에선 여러 생각이 스쳐 지나갔다.

나는 지금 이 순간부터 평생을 범죄자로 살아가는 걸까. 후회는 없을까. 과연 나는 그녀 때문에 살인마가 되어야만 하는 것인가.

수없이 많은 생각이 스쳐 지나가고, 떨리는 숨을 가다듬는 순간 숏구치는 피에 대한 두려움이 떠올랐다. 그리고 평생을 범죄자의 어머니로 살아갈 집에 계신 어머니 생각에 손에 들고 있던 칼을 조심스레 주머니에 넣었다.

"일어나."

자고 있는 그를 해치는 대신 먼저 대화의 길을 택한 나는 그의 얼

굴을 툭툭 치며 깨웠다. 그가 눈꺼풀을 천천히 뜨더니 눈을 비비며
일어났다.

"뭐야?"

잠에서 깬 그는 나를 째려보며 위협적인 눈빛으로 쳐다보았다. 그
의 행동에 나는 어처구니가 없는 듯 헛웃음을 쳤다.

"저기요, 수아한테 뭔 짓 했어요?"
"무슨 소리야, 뭐하자는 거야?"
"수아한테 무슨 짓 했냐고, 씨발 놈아. 죽여 버리기 전에 사실대
로 불어."

침대에서 일어난 그는 귀찮다는 듯 옷을 입더니 나에게 말했다.

"너 뭐야. 협박하러 왔냐? 내가 뭐하는 사람인지 알아? 싸우고 싶
으면 체육관 갈까?"

그의 말을 듣자마자 나는 주머니에서 칼을 꺼내 보이며 말했다.

"야 이 씨발 놈아. 내가 지금 말장난하러 온 걸로 보이냐? 경찰서
전화할까? 아니면 같이 뒤져볼래?"

그는 그제야 정신이 든 듯 눈을 뜨더니 나에게 말했다.

우리, 조금 늦게 만났더라면

"이, 일단 우리, 대화로 해결합시다."

"됐고, 네가 수아한테 한 짓, 그대로 말해."

그는 당황한 듯 내게 말했다.

"그게… 강제로 그런 건 아니고 서로 합의 하에 이루어진 겁니다. 수아도 며칠 전에 저랑 술 마시면서 제 귀에 대고 관계 하고 싶다고 했어요."

그 말을 들은 나는 뒤통수를 한 대 후려 맞은 듯 머릿속이 하얘졌다.

"씨발 놈아 말이 되냐? 수아 바지 지퍼 풀었어, 안 풀었어."

"풀긴 풀었습니다."

"어디까지 했어."

"만지기만 했습니다. 그 이상은 수아가 저항해서 아무것도 하지 않았습니다. 죄송합니다. 정말 죄송합니다. 한 번만 용서해주십시오."

머릿속에선 이 방안에서 일어났을지 모르는 모든 일이 상상 속에서 펼쳐지기 시작했다. 그의 말을 모두 믿을 순 없었지만, 그저 믿을 수밖에 없는 상황이었다. 그 이상의 일이 벌어졌다고 생각하면 그녀와 나에게 평생 씻을 수 없는 트라우마로 남을 것이기 때문이다. 결국 그 이상의 일이 일어나지는 않았다고 믿는 것만이 나에겐 최선이었다.

"그게 지금 나한테 사과한다고 될 일이냐? 수아한테 가서, 내 눈앞에서 무릎 꿇고 사과해."

"알겠습니다."

무릎 꿇고 용서를 구하겠다는 그의 약속을 받고 나는, 친구와 함께 그를 데리고 나와 수아에게 데리고 갔다.

"죄송합니다. 다시는 그러지 않겠습니다. 한 번만 용서해주신다면 쥐 죽은 듯이 살아가겠습니다."

"씨발 놈아. 애들 가르치는 직업 가진 사범이라는 새끼가 애 데리고 뭐하는 거냐? 박수아, 네가 이 새끼한테 얼마 전에 하고 싶다고 했다던데 사실이야?"

그녀는 대답하지 않고 고개를 저으며 눈물 흘릴 뿐이었다.

"아니 씨발. 도대체 누구 말이 맞는 거야? 나 진짜 미쳐 돌아버릴 것 같아. 그리고 넌 도대체 왜 여기 있는 건데? 원희네 집에서 놀다가 잔다며. 도대체 왜 여기 있는 거냐고!"

"미안해. 원희가 사부님을 좋아해서… 같이 술 마시러 노래방 갔다가 모텔에서 술 먹자고 하길래 사부님이니까 믿고 왔지. 근데 정신을 차리고 잠에서 깨어보니 원희는 사라졌고, 침대 위에는 사부님만 있었고, 내 바지 지퍼가 풀려 있더라고…."

"…꺼져."

더 이상 그녀의 말을 들을 수 없던 나는, 분노를 억지로 억누르는 듯 낮은 목소리로 사범에게 꺼지라고 말했다.

"네?"

사범이 대답했다.

"꺼지라고! 씨발 새끼야! 더 있다가는 죽여 버릴 것 같으니까."

그는 다시 한번 고개 숙여 죄송하다는 말을 남긴 채 저 멀리 사라졌다.

"배찬승, 너한테는 내일 내가 다시 연락할 테니까 일단 집으로 가. 박수아, 넌 따라와."
"어딜?"

말없이 발걸음을 옮기는 내 뒤로 수아가 따라오고 있었다. 그녀는 한껏 겁에 질린 표정으로 내 뒤를 밟고 있었다. 그렇게 15분을 걸어 도착한 곳은 근처에 위치한 파출소였다.

"여기를 왜 온 거야?"
수아가 말했다.
"신고해. 나 저 새끼가 저딴 사과 하나로 마무리 짓고 아무렇지 않게 살아가는 꼴 절대 못 봐."

"싫어. 못해."

그녀는 미성년자인 점 때문에 이 사실이 가족에게 알려질까 두렵다며 경찰에 신고하는 것을 맹렬히 반대했다. 조사를 받으면서 당시의 사건을 다시 떠올리는 것 또한 그녀는 피하고 싶어 했다. 한 시간을 싸웠을까. 나 홀로 파출소에 들어가 물었다.

"제 여자친구가 성폭행을 당했습니다. 근데 여자친구가 가족에게 알려질까 신고를 못하겠다고 합니다."

돌아오는 답변은, 피해자의 동의 없이는 신고를 할 수 없다는 내용이었다. 그저 여성 청소년계 경찰관과 상담을 통해 마음을 돌리고 신고를 할 수 있는 용기를 주는 것이 최선이라고 했다.

아무것도 할 수 없다는 좌절감에 휩싸인 나는, 그녀에게 돌아가 말했다.

"나 간다. 너 알아서 해."

뒤돌아 걸음을 옮겨 택시를 타자, 문이 다시 열리고 그녀가 말없이 탔다. 나는 택시기사님께 집이 아닌 집 근처 전철역으로 가줄 것을 부탁했다. 택시는 조용히 집 근처에 위치한 고잔역에 도착했고, 나는 택시에서 내려 그녀를 데리고 고잔역으로 끌고 갔다. 나는 내

우리, 조금 늦게 만났더라면

손을 부여잡는 그녀의 손을 뿌리치며 말했다.

"이번 일 이후로 나한테 연락하지 마."

차갑게 말하고는, 뒤도 돌아보지 않고 자리를 떠났다. 터질 것 같
은 울음을 애써 누르며 마음을 가다듬고, 잔뜩 화가 난 표정으로
집을 향해 걸었다.

100㎜쯤 걸었을까. 멀리서 울음소리가 들려왔고, 울음소리는 이내
가까워졌다. 가까워지는 울음소리에 뒤를 돌아보니 그녀가 내게 달
려오고 있었다. 그녀는 뱃속에서 갓 나온 아이처럼 엉엉 울며 내게
달려와 안겼다. 그리고 그녀는 내게 말했다.

"미안해…. 사랑해…. 나 있잖아…. 너 없이는 정말 못살아…"

그녀의 모습에 굳게 닫은 줄만 알았던 마음이 무너져 내리고야
말았다. 그런 그녀의 모습에 나는 아무 말도 하지 못하고 그저 그녀
를 안아주었다.
내 눈에서도 눈물이 터져 나왔지만, 그녀에게 눈물을 보여줄 수
없었던 나는 그녀를 그저 한참 동안 안아줄 뿐이었다.

#7.

가장 훌륭한 포도주가
가장 독한 식초로 바뀔 수 있듯이,
깊은 사랑도 한순간
가장 지독한 혐오로 바뀔 수 있다

- 존 릴리, 시인

그로부터 꽤나 많은 시간이 흘렀다. 당시의 일로 우리가 서로에게 남긴 트라우마는 생각보다 강렬했고, 도로가에 피어있는 꽃 한 송이 옆에 놓인 담배꽁초처럼 서서히 숨통을 조여 오기도 했다. 다만 분명한 것은, 그 후로 우리는 서로의 상처를 덮어주기 위해 최선을 다 할 뿐이었다는 것이다. 우리가 함께 하는 순간만큼은 그 어떤 시련도, 그 어떤 트라우마조차도 찾아올 수 없도록 말이다.

1년 후
2014년 12월 31일

내일이면 어느덧 나도 성인이 된다. 우리에게 오늘은 꽤나 의미가 깊은 날이다. 우리가 함께 보내는 두 번째 연말이기도 하지만, 무엇보다 18살이란 어린 나이에 그녀를 만난 내가 이제는 어엿한 성인이 되는 날이며 1월 1일은 우리가 만난 지 600일이 되는 기념일이기 때문이다. 그 뜻깊은 날을 함께 하기 위해 우리는 몇 주 전부터 여행 계획을 잡았고, 드디어 당일 아침이 밝았다. 그녀는 방학식을 하는 날이었고, 끝날 시간에 맞춰 데리러 가기로 한 나는 전날부터 렌트카를 빌려 분주히 여행을 준비했다.

해가 뜨기 시작한 아침. 여행 준비를 마친 나는 집에서 나와 흰색 렌트카에 시동을 걸었다. 주차장 가장자리에는 며칠 전 내린 눈이 아직까지 녹지 않았을 정도로 추웠고, 차 안에서 조차 하얀 입김이 나왔다. 재빨리 히터를 켠 나는 오들오들 몸을 떨며 담배 한 개비를 꺼내 입에 물었다.

이제 나도 성인이 되어 가나보다. 몇 년 전, 오토바이에 앉아 담배를 피우던 철없던 시절을 생각하다가 이제는 차에 앉아 담배에 불을 붙이는 내 모습을 보니 조금은 어색하기도 했다. 앞으로 다가올 20살이라는 나이가 조금은 두렵기도 했고, 조금은 설레기도 했다. 무엇보다, 이런 날을 그녀와 함께 보낸다는 상상만으로 가슴으로부터 벅차오르는 마음을 어찌할 방법이 없었다.

담뱃불을 끈 나는 근처에 있는 예술대학교에 찾아가 정시 입시에 대한 안내를 받고 나와 근처 마트에 들러 장을 보았다. 수아와 함께 먹을 것을 구매하고는 트렁크에 꽉 채우고 나니 벌써부터 여행을 온 것만 같은 기분이 들었다. 이후 미용실에 들러 머리를 자르고 시계를 보니 어느새 11시가 되어 있었다. 수아의 방학식이 11시 30분에 끝난다고 하니, 이제 그녀의 학교로 출발하면 얼추 맞을 것 같아 서둘러 시동을 걸고 출발했다.

그녀의 학교로 향하는 길. 다행스럽게도 11시가 지나자 흐린 하늘 위로 따스한 태양이 모습을 드러내기 시작했고, 길가에 쌓인 눈마저 천천히 녹아내리기 시작했다. 이 모든 과정이 그녀와 나의 여행을 응원하기라도 하는 것 같아 괜스레 들뜬 마음은 커져만 갔다.

　학교에 도착하니 학생들이 하나둘 모습을 보이며 교문을 나서기 시작했고, 그 뒤로 걸어오는 수아의 모습도 보였다.

　"오빠~!"

　그녀는 반가운 목소리로 내게 달려왔고, 나는 차에서 내려 그녀를 안아주었다.

　"얼른 가자, 수아야!"

　그녀를 만난 지 어언 600일이 다가오는 지금, 그 긴 시간동안 나 또한 많이 변해갔다. 항상 차가운 목소리로 그녀를 대하던 나였지만, 이제는 누가 들어도 내가 그녀를 얼마나 사랑하는지 알법한 말투로 그녀를 대하고 있었다.
　우리는 곧장 짐을 챙겨 군포 IC에 위치한 주유소에 들러 기름을 넣고 자동 세차를 했다. 주유소 안의 편의점에 들러 카페모카와 아메리카노도 한 잔씩 구매했다. 아메리카노를 좋아하는 그녀와 달리 나는 달달한 초코 맛이 나는 카페모카를 구매했다.

"오빠! 아메리카노 한 입만 마셔봐! 응? 부탁이야! 맛있다니까 그러네!"

그녀의 부탁에 하는 수 없이 한 입 들이킨 나는 눈쌀을 찌푸리며 다시 뱉어내고는 장난스러운 웃음을 보이며 말했다.

"엄청 쓰잖아! 나는 못 먹겠어. 이걸 어떻게 먹는 거야!"

그런 내 모습을 본 그녀는 내 모습이 웃기기라도 한 듯 깔깔대며 웃었다.

한참을 장난치던 우리는 다시 차에 올라 고속도로를 향해 차를 움직였다. 항상 70~90년대의 오래된 노래만 듣던 우리는, 그날도 부활의 소나기를 들었다. 우린 항상 그 시절의 노래를 함께 듣곤 했다. 70~90년대 노래를 들으면 아날로그한 감성이 주는 멜로디와 가사 속에 푹 빠질 수 있다는 것이 그 이유였다. 세련된 멜로디의 발라드와 힙합이 차트를 휩쓸던 그 시기에 오래된 노래만 찾아서 듣는 우리의 모습은, 우리가 천생연분임을 증명하는 듯했다.

'한참 피어나던 장면에서 넌 떠나가려 하네. 벌써부터 정해져 있던 얘기인 듯.

온통 푸른빛으로 그려지다 급히도 회색빛으로 지워졌지.

어느새 너는 그렇게 멈추었나. 작은 시간에 세상을 많이도 적셨네.

시작하는 듯 끝이나버린 소설 속에 너무도 많은걸 적었네.'

가사와 어우러지며 고속도로 옆으로 쭉 뻗어가는 끝없는 들판과 푸른 하늘, 그리고 스포트라이트가 되어 우리를 비추는 태양으로,

우리는 함께하는 지금 이 시간, 이 순간을 서로가 가슴속에 평생
간직하고서 매일 밤 꺼내어 볼 수 있는 한 편의 소설보다 아름다운
영화로 만들어가고 있었다.

#8.

소년이 어른이 되어 세상을 알아갈 때
하얀 마음은 점점 어두워지고,
잠 못 이루는 날이 많아지겠지

- 몽니의 '소년이 어른이 되어' 중에서

중간중간 휴게소를 들려 이것저것 주전부리를 사 먹으며 몇 시간이나 달렸을까. 우리는 어느새 강원도 홍천 깊은 산골에 위치한 펜션에 도착했다. 해돋이로 사람이 몰리는 곳 대신 조용한 산골을 찾은 우리는, 차에서 내리자마자 기지개를 켜며 산속 맑은 공기를 한껏 들이마셨다. 앙상하게 말라비틀어진 나뭇가지 위에 누워서 느긋한 시간을 보내고 있는 눈송이들과 저 멀리서 들려오는 겨울새의 지저귀는 소리가 하모니를 이루고 있었다. 찬바람도, 곧 새해를 맞을 준비를 하는지 잠시 누그러져 있었고, 역시나 태양은 우리를 비추고 있었다.

그녀와 나는 행복에 젖은 눈빛으로 잠시 서로를 바라보고는 펜션 주인장에게 키를 받아 방 안에 들어섰다. 우리 눈에 들어온 방 안의 풍경은 서로의 눈을 의심케 할 만큼 마음에 들었다. 휴대폰에서 사진만 보고 예약을 한 후 찾아온 우리였기에, 그다지 큰 기대는 않고 그저 적당히 조용한 하루를 보낼 수 있는 곳이었으면 좋겠다는 생각이었으니까 말이다. 벽면은 원목으로 장식되어 있었고, 붉은색

커버를 씌운 침대 옆으로는 카펫과 거실 테이블이 자리하고 있었다. 그 위로 우리의 저녁 식사 시간을 조금 더 아름답게 만들어줄 작은 샹들리에가 빛나고 있었다.

우리는 짐도 정리하지 않은 채 행복한 얼굴로 서로를 끌어안고는 침대에 누웠다. 그녀의 머리를 쓰다듬으며 내가 말했다.
"수아야, 어때? 생각보다 괜찮지 않아?"
"웅! 너무 좋아. 뭔가 우리 신혼집 같아!"

신혼집 같다고 얘기한 그녀는 이내 부끄러워하며 내 가슴에 안겼다.

"으악! 간지러워!"

잠시 후 그녀는 내 가슴에 머리를 박고 이리저리 흔들며 나를 간지럽혔다. 그녀의 장난기 어린 행동을 받아주며 나도 똑같이 그녀의 가슴에 머리를 박고 이리저리 흔들며 간지럽혔다. 그렇게 한참을 깔깔대며 행복한 시간을 보내던 중 어느새 따스하던 햇빛이 한걸음 물러서고 어둠이 가라앉기 시작했다.
"수아야, 내가 맛있는 고기 구워줄게. 움직이지 말구 누워서 TV 보고 있어."
"아니야! 나도 같이 할 거야!"
"오늘만큼은 우리가 신혼부부라고 생각하고, 여기가 신혼집이라고 생각하고 누워서 쉬어! 내가 평생 이렇게 행복하게 해 줄 테니까!"

이내 그녀는 침대에 엎드려 발을 동동 구르며 행복해했다.

나는 재빨리 쌀과 채소를 씻은 후 밥솥의 전원을 켜고 고기를 굽기 시작했다. 방 안은 먼 곳에서 오느라 허기진 배를 더욱 자극할 만큼 고기 굽는 냄새로 가득 메워졌다. 고기와 채소를 그릇에 담고 샹들리에 밑으로 놓인 테이블에 오늘을 장식할 소주와 함께 올려놓자 그녀는 한참을 기다렸다는 듯이 달려와 앉았다. 그녀는 고기보다 먼저 소주잔에 소주를 한 잔 따라 마셨다.

"고기 먼저 먹지 왜 소주부터 마셔, 수아야!"
"왜냐하면! 나 오늘 취해야 하거든! 기대해!"

무슨 뜻인지 알아챈 나는 그녀의 도발에 몇 시간을 참은 허기마저 잊을 만큼 달아올랐다.
신혼집 분위기가 물씬 나는 이곳에서 그녀와 함께하는 식사란, 우리의 미래를 잠시 엿보기라도 한 듯 '그녀와 결혼을 하면 어떨까?'라는 생각이 들게 만들었다. 어쩌면 그녀 또한 같은 생각을 하고 있을지 모른다.

우리는 식사를 마치고 침대에 누웠다. 밖은 어느새 가로등 하나 보이지 않는 칠흑 같은 어둠으로 뒤덮였고 방안의 불을 끄자, 마치 따스한 봄날 그 무엇도 존재하지 않는 깊은 산 속에 침대만 하나 놓고는 그 위에 단둘이 이불을 덮고 누워있는 듯한 착각이 들었다. TV 속 방송 대상 시상식을 보다 보니, 어느새 새 해를 기다리는 카운트다운이 시작되고 있었다.

'잠시 후 새해맞이를 위한 카운트다운이 시작됩니다!'
방송에서 진행 중인 멘트를 들은 우리는, TV를 당장 꺼버리고는 이불 속에서 서로의 손을 잡고 눈을 바라보며 함께 속삭였다.
"10, 9, 8··· 3, 2···."

함께 1을 말하려던 순간, 그녀가 나를 정자세로 눕히더니 내 위에 올라탔다. 당황한 나는 그녀의 얼굴을 바라보며 말했다.

"뭐야, 수아. 이런 모습은 처음 보는데?"
"오늘은 조용히 하고 가만히 있어."

평소와 다르게 적극적인 그녀의 모습에 나는 당황하면서도 더욱 흥분되어갔다. 그녀는 천천히 내게 입을 맞추고는 5㎝도 되지 않는 거리에서 나를 바라보며 물었다.

"오빠."
"응?"
"오빠는 나중에 나랑 결혼할 거야?"
"그럼, 수아랑 결혼해서 예쁜 아기도 낳고 예쁜 집에서 내가 행복하게 해줄 거야."

"그 말 지켜야 해. 성인된 거 축하하고 사랑해. 정말 많이."

그녀는 만족스러운 표정을 짓더니 내 머리카락을 쓰다듬으며 귓속에 뜨거운 입김을 불어 넣기 시작했다. 평소에 내가 해오던 일을 그녀가 내게 하고 있으니, 어색하면서도 새로운 기분에 더욱 달아오르고 있었다.

그녀는 자연스레 내게 키스를 하고는 찬란한 눈빛으로 나를 바라보고 있었다.
나는 그녀에게 말했다.
"뭐야, 이거 엄청 부끄럽잖아."
"오빠, 나도 그래"

그녀는 천천히 부드러운 손끝으로 나의 살결을 쓰다듬기 시작했다. 그녀는 중간중간 뜨거운 눈빛으로 나를 바라보더니 작정이라도 한 듯 나에게 평생에 남을 영화의 한 장면을 선물하기 시작했다. 머릿속에서는 파도가 찬란히 부서지며 절벽을 깎아내리고 있었고, 높이 떠오른 태양빛은 조금도 눈을 뜰 수 없을 만큼 아름답게 빛나고 있었다. 일제히 나를 어루만지듯 불어오는 숨결, 태평양 너머로부터 들려오는 고래의 날카로운 비명, 아무 것도 보이지 않는 망망대해의 두려움, 또는 순수함. 그녀는 그 모든 것을 아우르고, 고결히 통제하며 나를 지배하고 있었다.

"흐… 윽!"

순간 나도 모르게 신음이 터져 나왔다. 한참이나 나를 가지고 놀듯 장난치던 그녀는 자신의 조그만 손으로 나를 부여잡더니, 이내 나의 위에서 나와 한데 어우러져 하나가 되어가기 시작했다. 그것은 분명, 그 어떤 멜로 영화보다 아름다웠으며 뜨거웠다. 세상 그 어떤 단어로 그녀의 아름다움과 우리 함께하는 이 순간을 시적, 예술적으로 감히 표현해낼 수 있을까.

그렇게 얼마나 시간이 흘렀는지, 더 이상 부르르 떨리는 몸을 주체할 수 없던 나는 그녀에게 말했다.

"잠깐만!"
"왜?"

도발하는 듯 '왜'냐고 묻는 그녀에게 말했다.

"그만!"
"싫은데?"

더는 참을 수 없었던 나의 뜨거운 호흡이 폭발하듯 뿜어져 나오며 방 안을 한참이나 가득 메웠다. 지난 짧은 세월을 함께 보내오며 단 한 번도 느껴보지 못한 경험에 더 이상 할 말을 잃고 눈에 힘이 풀렸다. 입꼬리가 부르르 떨리며 그녀를 보았을 때, 그녀 또한 그제야 만족한 듯 나를 바라보며 미소를 띠었다.

우리, 조금 늦게 만났더라면

"이제 나는 진짜 오빠 거야. 영원히…"

이내 그녀가 선물하던 역동적인 장면은 잠시 멈추려는가 싶더니, 더욱 격렬하게 움직이기 시작했다. 좀 전의 경련으로 극도로 민감해져 있는 나의 오감은 그녀의 숨소리가 격해질수록 새로운 자극을 만들어내고, 또 만들어내며 온통 처음 느껴보는 자극으로 내 온몸을 떨리게 만들었다. 더 이상의 자극을 버텨내지 못하고 그녀를 붙잡으며 말리려고 하자, 그녀는 내 손을 잡고는 내 머리의 양옆으로 움직이지 못하도록 고정시키며 더욱 격렬하고 역동적인 섬광의 광경을 선물할 뿐이었다. 창밖에서는 하얀 함박눈이 쏟아지기 시작했고, 온 세상에 내리는 눈이 전부 내 머릿속에 쌓여가듯 정신은 희미해져만 갔다.

밤새 내린 눈이 온 세상을 하얗게 뒤덮을 즈음 잠에서 깨어났다. 옆에는 어젯밤, 평생의 사랑을 약속한 그녀가 내 팔을 베고서는 곤히 잠들어 있었다. 그런데 어째서인지, 새벽 동안 그녀는 몇 차례나 깜짝 놀란 듯 잠에서 깨어 주변을 확인한 뒤 내가 옆에 누워있는 것을 확인하고는 다시금 나를 껴안고 잠들기를 몇 번이나 반복했다.

#9.

오늘도 나는 심장을 도려내며, '너'라는 기억 속에
창작이라는 비극을 만들어내도다
어디선가 들려오는 환청이 네 음성으로 가득할
즈음, 비로소 글을 완성해 내도다

- 임승현, 작가

2015년 05월 12일

'그게… 강제로 그런 건 아니고 서로 합의 하에 이루어진 겁니다.
수아도 며칠 전에 저랑 술 마시면서 제 귀에 대고 관계하고 싶다고
했어요.'

머릿속에서 다시는 떠올리고 싶지 않은, 오래전 사범의 한마디가
떠올랐다. 사실 이번 한 번만이 아니다. 지난 시간을 그녀와 함께
하며 빈 도화지에 그림을 그려가듯 행복한 나날을 보내왔지만, 그
날의 사건이 내게 남긴 트라우마는 좀처럼 떠나가질 않고 하루에
도 몇 번이나 나를 괴롭혀 왔다. 내 자신을 불구덩이에 집어 던지는
듯 지울 수 없는 고통처럼 다가오는 그 날의 기억은 끝없이 나를 괴
롭혔지만, 나는 그녀에게 단 한 번도 그날의 이야기를 꺼낼 수 없었
다. 그녀 또한 그날의 상처를 떠올리고 싶지는 않을 테니까.

날이 갈수록 그녀에 대한 의심은 점점 깊어만 갔고, 그녀가 밤마

다 어디서 무얼 하는지, 누구와 있는지, 혹여나 다른 남자와 함께 있는 것은 아닌지 하는 의심은 더욱 증폭되어만 갔다. 하지만 이상하게도 그녀와 함께 있을 때만큼은 그 모든 고통마저 잊는 듯했다.

마약이란 바로 이런 것일까. 밤만 되면 나를 괴롭히는 의심과 집착은 그녀의 연락이 오는 순간, 그녀의 목소리가 전화기 너머로 들리는 순간 모두 해소되었고, 그제야 깊은 한숨을 내쉴 수 있었다. 하루하루 몇 번이고 나락과 쾌락을 오가며, 그녀에 대한 사랑은 순수한 빛을 잃어버리고는 점점 변질되어만 갔다.

이러한 나의 정신병적인 사랑은 그녀를 점점 지쳐가게 하고 있는지도 모른다. 나의 사랑은 날이 갈수록 스스로의 정신을 피폐하게 만들어갔고, 지난 2년 동안 함께한 모든 시간은 천천히, 아주 천천히 나를 죽여 가는 자살과 같은 것이었는지도 모르겠다. 다만 오랜 시간 너무도 깊게 파고든 서로에 대한 정이 금방이라도 부서지고 조각나 서로의 살결을 파고드는 파편이 되어버릴지 모르는 우리의 사랑과 추억을 간신히 붙잡고 있는지도 모른다.

도대체 어디서부터 우리의 사랑은 잘못된 길을 걷기 시작한 것일까. 그날의 일 때문인 것일까, 아니면 나의 성숙하지 못한 사랑이 그 원인이었던 것일까. 도로를 달리는 차마저 자취를 감추고 나뭇잎 흔들리는 소리와 함께 달이 떠오를 시간이면, 매일매일 몇 번이고 나를 찾아와 머릿속을 후벼 파는 고통에 머리를 쥐어짜며 생각을 해보았지만, 도무지 해답을 찾을 수 없었다.

띠리리리---

"여보세요, 어디야?"

벨 소리가 한 번도 채 울리기 전에 전화를 받은 내가 그녀에게 한 첫마디였다.

"오빠 또 그 소리다. 전화 좀 예쁘게 받아."

그녀의 한마디는 지난 2년의 시간을 어떻게 지내왔는지 누구나 당장에 알아차릴 수 있을 정도로 많은 이야기를 담고 있었다. 사실 그녀가 뱉은 한마디에는, 서로가 서로를 이해하지 못할 수밖에 없는 많은 사연이 담겨 있었다. 행복했던 지난 시간 뒤로는, 그날의 사건도 있었겠지만 그 이후로도 크고 작은 상처들이 서로를 괴롭혔다. 그 사건 이후로 그녀가 남자인 친구들과 만나는 것조차 싫어했던 나는 그녀의 친구 관계에 관여하기 시작했다. 수아를 방황하게 할 만한 친구들은 만나지 못하게 했고, 심지어 단순한 친구인 남자조차 만나지 못하도록 했다. 그녀도 내 말에 동의하며 날 따라와 주었지만, 가끔은 몰래 남자를 만나기도 했다. 그런 일들은 얼마 지나지 않아 나에게 발각되었고, 그때마다 그녀와 크게 싸우고 헤어졌다. 하지만 그럴 때마다 그녀는 내게 미안하다고 용서를 구했고, 우리는 다시 함께 사랑을 이어나가곤 했다. 분명 이러한 사건들이 누적됨으로써 서로가 준 상처로 인해 결국 스스로를 무너뜨리고, 영원할 것만 같은 사랑마저 위협하고 있었는지 모른다.

우리, 조금 늦게 만났더라면

"알겠어. 지금 데리러 갈까?"

"응!"

전화를 끊은 나는, 집에서 나와 오래된 05년식 싼타페에 타 시동을 걸었다. 썬팅지는 세월의 흔적에 바랬으며, 차 안에서도 느껴지는 진동과 담배 찌든 내가 코를 찌르며 이 차에 스며든 오랜 세월을 보여주는 듯했다. 시트는 온통 오염되어 베이지색 시트가 누런빛으로 보일 만큼 바래 있었다.

왕복 8차선의 대로를 지나 국도로 향했다. 이 길을 매일같이 지나 그녀를 만나러 가고, 또 그녀를 바래다주고는 혼자 돌아오기도 했다. 과속 카메라가 어느 위치에 있는지조차 전부 기억할 정도로 익숙한 길이었기에, 내비게이션 검색조차 하지 않고 그녀를 데리러 갔다. 20여 분을 달려 도착한 그녀의 집은 언덕 위에 위치한 오래된 아파트였다. 차에서 내려 담배 한 개비를 피우고 나니, 그녀가 익숙한 듯 집에서 나와 나에게 인사를 하고는 조수석에 올라탔다. 그녀의 얼굴을 보니 극도로 불안했던 나의 마음도 순식간에 가라앉는 듯했다.

"오빠, 영화 예매 내가 해놨어! 내가 예전에 같이 보자고 한 거!"

오늘 그녀와 나는 2주년을 맞아 그녀가 저번 달부터 같이 보자고 했던 '분노의 질주 - 더 세븐'을 보기로 했다. 그녀는 지난 2년간의 만남이 익숙한 듯 별다른 표정이 없었지만, 그녀가 좋아하는 영화

시리즈 중 최신 편을 나와 함께 본다는 생각에 들떠있는 듯했다. 하지만 나는 '분노의 질주'라는 영화 시리즈를 본 적이 없기 때문에 그다지 기대하지 않았다. 다만 SNS상에서 보기로는 주인공인 '폴 워커'의 유작으로, 그 완성도가 대단하다는 평이 많다는 것은 본 적이 있다. 그리고 그가 영화 촬영을 전부 마치지 못하고 비운의 사고로 운명을 달리했으며, 남은 촬영은 그의 동생이 맡아서 했다는 소식 정도만 알고 있을 뿐이다.

그녀를 태운 차는, 왔던 길을 돌아 내가 살고 있는 집 근처에 위치한 영화관으로 향했다. 영화가 시작하기 전 콜라와 팝콘을 사고는 테이블에 앉아 그녀와 이런저런 이야기를 나누며 영화가 시작하기를 기다리고 있었다.

"8관 입장 도와드리겠습니다."

안내원이 또랑또랑 맑은 목소리로 말하자, 주변에 앉아 이야기를 나누던 사람들은 일제히 영화관 안으로 향했고, 그녀와 나 또한 자리에서 일어나 안내원의 말을 따라 영화관으로 들어갔다. 10분간 광고가 흘러나왔고, 영화가 상영되기 시작했다.

기대 없이 본 영화는 가슴을 울릴 만큼 훌륭했다. 초반 스토리부터 결말까지 보는 내내 긴장감을 놓게 하지 않았으며, 특히나 결말을 본 우리는 흐르는 눈물을 멈추지 못했다. 극장에서는 'See you again'이라는 노래가 흘러나왔고, 주인공(故 폴 워커)과 주인공의 친구(빈 디젤)가 한적한 도로에서 만나 창문을 내려 서로에게 인사를 나누고는, 도로를 따라 주욱 달려 그 끝에 달할 때 두 갈래 길에서 서로 다른 길을 향했다. 그때 카메라 앵글은 하늘을 비춰주었다.

빈 디젤이 향하는 오른쪽 길은 본인이 살고 있는 이승을 나타내고, 폴 워커가 향하는 왼쪽 길은 저승을 뜻하는 것이 아닐까. 그와 동시에 카메라는 하늘을 가리키며 폴 워커를 추모하는 게 아닐까 하는 생각에 온몸에 소름이 돋을 때쯤, '폴 워커를 기억하며'라는 메시지가 영화 스크린에 떠올랐다.
머릿속이 하얘졌다.

눈물을 흘리던 우리는 엔딩 크레딧이 전부 올라가고 나서야 자리에서 겨우 일어났다. 한참을 병 찐 표정으로 영화관을 걸어 나오던 우리의 침묵을 깬 건 나였다.

"수아야, 나 진짜 마지막에 소름 돋았잖아…"
"오빠도…? 와… 진짜… 대박이었어…"
"그러니까…. 나 진짜 할 말을 잃었어. 그거 추모 영상 맞지…. 어떻게 저런 발상을 했을까…? 전 시리즈 한 번도 안 본 나조차도 이렇게 감동을 받을 줄이야…"
"웅… 그러니까…. 진짜 평생 기억에 남을 것 같아…"
"수아야, 진짜 고마워. 나도 이 영화 평생 기억에 남을 것 같아. 그런 영화를 수아 너와 함께 봤다는 사실 또한 평생 잊지 못할 거야."

정말로 불안한 내 사랑이 결국 끝을 보이고 만다면, 서로의 사랑이 가장 지독한 증오로 바뀌어 버린다면, 몇 년이 지나고 나서 우리는 이날 함께 본 영화를 기억할 수 있을까? 과연 각자의 삶을 보내던 중 단 한 번이라도 이 순간을 떠올리게 될까? 지난 2년 동안 사랑하며, 또 버텨내며 지내온 세월에 감사하고 있는 지금을 떠올리게 될 날이 올까?

평생 잊지 못할 영화로 2주년의 밤에 깊은 각인을 새겼지만, 한편으로 떠오르는 생각을 좀처럼 지울 수 없는 밤이었다. 그래도 그녀와 함께 있는 지금 이 순간만큼은 어떤 두려움도, 어떤 고통도, 어떤 정신적인 집착도 그녀와 나를 갈라놓지는 못한다는 것만큼은 확실했고, 서로가 확신했음 또한 분명했다.

지난 며칠간 불안에 떨었던 나는, 그녀와 자주 다니던 모텔에서 함께 잠을 청하며 결핍된 정신을 그녀의 육체로 채웠다. 그렇게 2주년에 떠오른 달은 자신의 빛을 희생하여 내 심장에 색칠하듯 점차 푸른빛을 잃어가고 있었다.

우리, 조금 늦게 만났더라면

버티는 삶은 느린 자살과 같다

- 요시모토 바나나, 소설가

2015년 10월 17일 늦은 새벽

"오빠는 참 좋은 사람이야. 정말, 결혼하면 정말 행복하게 살 수 있겠다…라는 확신이 드는데 말이야…. 근데 있잖아…. 지금 남자 친구로서 만나기엔… 사실 잘 모르겠어. 차라리 우리가 좀 더 늦게 만났더라면 좋았을 텐데 말이야."

늦은 새벽, 그녀에게 걸려온 전화기 너머로 들려온 첫마디였다. 순간 내 가슴은 오랜 세월 한 마을을 지켜내며 자리하던 소나무가 불에 타며 비명을 지르듯 무너져 내렸고, 동시에 그녀의 전화가 끊어졌다. 전화가 끊어지는 순간, 나의 불안 증세는 다시금 내 몸 구석구석에 심장이 있기라도 하듯 온몸을 떨리게 만들었다. 이내 내 손은 다시금 핸드폰을 들어 그녀에게 전화를 걸었다.

'전화를 받지 않아….'
몇 번이고 다시 건 전화기는 같은 대답을 반복할 뿐이었다. 몇 번을 걸어도 끝내 그녀의 목소리는 들리지 않았고, 종잡을 수 없는 극도의 불안감만이 나를 찾아올 뿐이었다. 집이라던 그녀는 분명, 어딘가에서 누군가와 술을 마시고 있는 게 분명했다. 그 상대가 친구인지, 남자인지 나는 알 방법이 없었고, 물줄기가 쏟아지는 수도꼭지에 물풍선을 씌운 듯 금방이라도 터질 것처럼 나를 괴롭히는 불안과 집착이 점점 더 내 정신을 혼미하게 만들어갔다.

한 시간쯤 지났을까. 차라리 내 온몸이 터져 이 모든 고통이 끝났으면 좋겠다는 생각이 들 때쯤 그녀에게서 메시지가 왔다.

'오빠, 나 집이야. 잠들었었어. 다시 잘 거야.'
'수아야, 잠깐 전화 좀 받아봐.'

역시나 그녀에게서 답장은 오지 않았고, 전화 또한 받지 않았다. 말이 되지 않는 소리였다. 전화를 끊자마자 다시 전화를 걸었는데 벨 소리도 듣지 못하고 잠들었다니. 지난 2년이 넘는 시간을 함께 보내온 내가 그 말을 믿을 리 없었다. 서로의 말투가 조금만 변해도, 서로의 행동이 조금만 이상해도 그 이유를 알 수 있을 만큼 너무나 오랜 시간 서로를 알아왔기에, 그녀가 보낸 메시지는 분명 새빨간 거짓말이라 보아도 이상할 것이 없었다.

그녀가 내게 한 말은 과연 이별을 뜻하는 것일까. 좀처럼 생각해 봐도 답이 나오지 않았다. 그렇게 혼자서 안절부절 하며 시간을 보내던 중 다시 한번 전화를 걸어보았다.

우리, 조금 늦게 만났더라면

'……'

드디어 그녀가 전화를 받았다. 하지만, 전화기 너머로 웅성웅성거리는 남자와 여자의 목소리만 들릴 뿐, 그녀는 내게 어떤 말도 하지 않았다. 분명 그녀는 밖이었고, 주머니 속에서 휴대폰이 터치가 되었든, 어떤 방식으로든 잘못 받은 전화였다. 얼마나 긴 시간을 불안과 걱정에 떨었는지 알 수 있을 만큼, 어둠뿐이던 하늘에는 어느새 태양이 떠오르고 있었다. 전화기 너머의 웅성거리는 소리를 들은 나는 당장 그녀를 찾아 나설 수밖에 없었다. 아무 운동복이나 걸치고 집 앞으로 달려 나가 오래된 05년식 싼타페에 시동을 걸어 담배 한 모금 필 여력도 없이 액셀을 밟고 황급히 출발했다.

그녀를 찾아 나서며 전화를 수차례 다시 걸어보았지만 그녀는 받지 않았고, 그녀가 어디에 있는지 도통 감이 잡히지 않던 나는 어쩔 수 없이 그녀의 집 앞을 찾았다. 그녀의 집 앞에 도착할 때쯤 태양은 이미 온 세상을 비추고 있었고, 눈에 띄지 않는 구석에 차를 주차한 뒤 그녀가 오기만을 기다렸다.

띠리리리---

벨 소리가 울렸다. 수아였다. 벨 소리가 울리자마자 다급히 전화를 받으며 말했다.
"수아야? 잔다며?"

"무슨 소리야, 나 지금 깼어."

그녀가 퉁명스럽게 말하자 나는, 터질 것 같은 분노를 애써 가라앉히며 차분히 말을 꺼냈다.

"아까 잠깐 전화 받았잖아? 웅성웅성 거리는 소리 들으니 밖인 것 같던데?"
"몰라. 자꾸 전화 와서 아빠가 잠깐 받았겠지."
"그래? 아무튼 새벽 내내 보고 싶어서 계속 전화했는데 전화 안 받아서 그냥 너 일어나면 얼굴이라도 잠시 보려고 너희 집 앞에 와 있어. 잠깐 나와 봐."

그녀에게 집착하는 모습을 보이기 싫었던 나는, 그녀가 밖에 있었다는 사실을 분명 의심하고 있으면서도 모르는 척, 그저 보고 싶어서 온 척할 수밖에 없었다.

"알겠어. 세수만 하고 나갈게."
"응."

10분이나 지났을까. 1층에 살던 그녀가 문을 열고 나오는 모습이 보였다. 그녀의 모습을 보기 전까지 내 머릿속은 온통 감당할 수 없을 정도의 혼돈과 망상, 극도의 불안감뿐이었지만 그도 잠시, 언제나 그래왔듯이 그녀의 모습이 보이자마자 언제 그랬냐는 듯 깊은 안도의 한숨과 함께 모두 가라앉았다.

우리, 조금 늦게 만났더라면

과연 마약에 빠지면 이런 증세가 나타나는 것일까. 거대한 폭풍이 곧 나를 집어삼켜 그 어떤 것도 존재할 수 없는 혼돈 속에 빠뜨릴 것 같다가도, 그녀라는 약이 내게 모습을 보이는 순간 마치 다른 사람이라도 된 것처럼 그녀와 함께 있는 순간만큼은 어떤 공포도 나를 잠시 비껴가는 듯했다.

"수아야, 잘 잤어?"
"응⋯. 오빠는 안 잤어?"

멋쩍은 듯 인사를 나누며 그녀의 어깨에 기대자 그녀의 옷에서 술 냄새가 은은히 올라오기 시작했다.

"응, 근데 술 마셨어?"
"아니! 왜?"
"옷에서 술 냄새가 나는데?"
"어제 언니가 입고 나갔던 옷인데, 술 마시고 왔나 보지 뭐."

당황한 기색 하나 없이 퉁명스럽게 그녀가 말했다.

"그럼 언니는?"
"집에서 자."

아무래도 의심스러운 마음은 좀처럼 가라앉지 않았다. 그녀는 분명, 늦은 새벽까지 술을 마시고 있었던 것이다. 하지만 그러면 어떠한가. 그녀는 지금 내 옆에 있고, 술을 마셨든, 어떤 시간을 보냈든, 그저 내 곁에 있음에 안심할 수 있다는 것만으로 좋다.

"수아야 확실하지? 술 안 마신 거?"
"그렇대도!"

한 번 더 물어봤지만, 그녀의 입은 좀처럼 사실을 말하려 하지 않았다. 분명 지금 이 순간 그녀가 내 곁에 없었다면 얼마나 더 깊은 불안에 떨어야 했을까. 그녀의 입이 내게 사실을 고하지 않는다 해도, 그저 지금 내 옆에 아무런 일 없이 있어 주는 것만으로 나는 지난 새벽 나를 괴롭혀온 정신적 집착으로부터 벗어날 수 있음에 충분히 감사하고 있었다.

"수아야, 배는 안 고파?"
"음… 괜찮은데…. 만두 먹고 싶다! 근처에 맛있는 데 있어! 같이 가자!"

만두가 먹고 싶다며 눈웃음을 보이는 그녀의 모습에 내 마음도 그제야 완전히 안정을 되찾으며 불안에 떨던 지난 새벽을 보상받는 듯했다. 나의 이러한 병적인 집착에도 그녀가 나를 사랑함에는 변함이 없었고, 그녀로 인한 극도의 불안 증세에도 불구하고 나 역시 그녀를 사랑함에는 변함이 없었다.
우리의 지난 시간을 다시금 되새겨 보았다. 어떤 사건이 이런 불

우리, 조금 늦게 만났더라면

안정한 사랑을 만들어왔건, 그것은 분명 중요하지 않았다. 우리의 사랑은 조금씩 변질되어 금방이라도 토막 나며 부서질 듯이 서로를 위협했다. 하지만 모든 시련을 딛고 짧은 이 순간이나마 그녀의 곁엔 내가, 내 곁엔 그녀가 있다는 것만이 이 절망적인 시간과 불안정한 사랑에서 보상받을 수 있는 유일한 길이다.

그녀의 손을 잡고 걸어서 몇 분 거리에 위치한 낡은 만두집을 찾았다. 그녀와 함께 김치만두 2인분을 주문하고는 각자 핸드폰을 쳐다보았다. 이 상황이 익숙한 듯 아무런 말 없이 핸드폰을 보며 앉아 있었다.

나는 마음을 다시 한번 가다듬으며, 그녀가 새벽 동안 누구와 있었을까 곰곰이 생각해보았다. 분명 최근 들어 그녀가 내게 보인 모습은 조금 이상했다. 조금은 딱딱한 모습을 보이기도 했다. 몰래 만나는 남자가 생긴 것일까 하고 잠시 생각해봤지만, 내 앞에서 보이는 그녀의 사랑스러운 모습에 흘려보냈다.

지난 시간을 함께 보내면서 우리는 그 누구보다 뜨거운 사랑을 불태우며 미래를 약속해왔지만, 결국 서로의 미래를 약속하기에 우리는 너무나 어린 사랑을 하고 있는지도 모른다.
언제 깨질지 모르는 잔뜩 금이 간 추억 사이로 빛이 새어 나가고 있었고, 그녀와 함께한 행복한 추억과 내 앞에 있는 그녀의 모습을 억지로 끄집어내며 그 틈새를 막아내고 있는 듯한 사랑을 이어나가고 있는지도 모른다. 막으려 하면 할수록 틈새는 점점 더 벌어지며 더욱 큰 희생을 요구했지만, 그럴수록 나는 더욱더 고스란히 받아들이며 감당해낼 수밖에 없었다.

  그녀의 사랑이 힘을 다하는 날엔, 나의 태양마저 빛을 잃어버리고 말 테니 말이다.

#11.

한참 피어나던 장면에서 넌 떠나가려 하네
벌써부터 정해져있던 얘기인 듯

- 부활의 '소나기' 중에서

다음 날 저녁 2015년 10월 18일

"수아야, 지금 데리러 가?"
"음…. 동명 상가 쪽에서 만나!"

　함께 모텔에서 치킨을 먹으며 영화를 보기로 한 저녁이었다. 그녀는 친구 민지와의 선약이 있어 잠시 안산시 선부동에 위치한 아파트 단지에서 놀고 있다고 했다. 나는 근처 피시방에서 시간을 보내며 그녀를 기다리고 있었다.
　약속한 시간이 다가오자 그녀에게 전화를 걸어 그녀가 있는 아파트 단지 근처에 위치한 동명 상가에서 만나기로 하고 그녀가 있는 곳을 향해 걷기 시작했다.

　꽤나 오랜 시간을 그녀와 함께했기에, 때로 그녀가 없는 일상은 내게 버겁기도 했다. 그럼에도 그녀를 만나러 가는 길은 항상 새로움이 가득했다. 금방이라도 메말라 시들어버릴 것만 같던 길거리의 나뭇잎마저도 아름다워 보였고, 심지어 갈라진 아스팔트마저 하나의 미술 작품으로 보일만큼 그녀를 만나러 가는 시간은 나에게 있어 가장 행복한 시간이었다.

안락한 모텔 방 안에 단둘이 누워 사랑을 나누고, 허기가 질 때쯤이면 영화 한 편과 함께 배달 음식을 시켜먹는 하루는 우리가 가장 좋아하는 데이트 방식이었다. 첫 만남의 남녀가 모텔로 들어설 때의 긴장과 설렘은 이제는 찾아볼 수 없지만, 일상이 되어버린 편안함 속에서 함께 보내는 시간은 마치 우리가 부부라도 된 듯한 착각과 행복을 선물해주었다.

오늘 그녀와 보낼 시간을 생각하며 걷다보니 어느새 약속 장소에 도착했다. 저 멀리서 그녀가 나를 보더니 천진난만한 아이처럼 달려와 내게 안겼다.

"오빠! 오빠! 얼른 가자! 치킨 포장해 가자!"
"엄청 신났구만?!"

한참 들뜬 그녀를 데리고 상가 2층에 위치한 치킨집에 들렀다. 그녀가 좋아하는 '오빠닭'이라는 치킨집이었다. 요그트 소스와 아이스크림, 샐러드가 함께 나오는 요거닭이라는 메뉴와 콜라, 생맥주 500cc를 포장 주문하고는 빈 테이블에 서로 마주보고 앉았다.
그녀는 눈을 둥그렇게 뜨고는 나를 쳐다보며 말했다.
"오빠 오늘은 무슨 영화 볼까?! 어제 못 본 '그것이 알고 싶다' 볼까?"

"좋지!"

그녀와 나는 매주 토요일이면 함께 SBS에서 방영하는 시사 프로그램 '그것이 알고 싶다'를 봤다. 내가 가장 좋아하는 프로그램이었고, 우리가 처음 사랑을 시작하던 때부터 연습실과 모텔을 오가며 그녀와 함께 본방을 챙겨봤다.

"주문하신 요거닭 나왔습니다."

"네! 감사합니다!"

들뜬 마음으로 이야기를 나누다보니 어느새 주문한 치킨이 봉지에 담겨 나와 있었다. 결제를 하고는 그녀의 손을 잡고 모텔을 향해 걷기 시작했다. 가까운 거리에 위치한 모텔은 화려한 네온사인으로 빛나고 있었다. 얼마 지나지 않아 모텔 카운터에 도착한 나는 카드를 내밀며 방값을 계산하고, 엘리베이터에 올라 5층을 눌렀다.

'5층입니다.'

5층에 도착해 카드키에 적힌 509를 보고 509호를 찾아 문을 열었다. 안으로 들어서자 익숙한 모텔의 향기가 방안을 가득 메우고 있었다. 그녀는 방에 들어서자마자 장난스러운 표정을 하고는 나에게 매달리며 안겼다.

"수아야, 잠깐만!.. 치킨 좀 놓고."

"왜! 내가 무거워? 안아달란 말이야!"

매달리며 안긴 그녀를 침대에 눕히고는 머리를 쓰다듬으며 말했다.

"잠깐 누워 있어. 치킨 포장 좀 뜯어 놓을게."
"그럼 뽀뽀해줘!"

그녀에게 짧은 입맞춤을 하고는 뒤돌아서 작은 테이블에 그녀와 함께 먹을 치킨의 포장을 뜯어 세팅하고 TV를 켜 '그것이 알고 싶다'를 틀었다. 준비가 완료되자 그녀는 내 옆에 앉았다.

1시간 뒤

'그것이 알고 싶다'가 끝나고, 테이블을 간단히 정리한 후 그녀를 침대에 눕히고는 물었다.

"이제 씻을까?"
"응!"

그녀의 대답에 나는 그녀의 사랑스러운 얼굴을 바라보며 머리를 쓰다듬고는 입을 맞추며 그녀의 옷가지를 천천히 벗기기 시작했다. 장난기가 발동한 나는 그녀의 부드러운 살결을 어루만지며 귓속에 따뜻한 입김을 불어넣기 시작했다. 금세 달아오른 그녀의 숨소리가 거칠어지기 시작했고, 두 손으로 나를 감싸 안았다. 그녀와 나의 옷

우리, 조금 늦게 만났더라면

가지는 어느새 여기저기 널브러져 있었고, 그녀의 다리는 내 허리를 감싸고 있었다. 그녀의 온몸을 혀끝으로 간지럽히던 그녀와 나는 어느새 천천히, 아주 천천히, 그리고 부드럽게 한 몸이 되어가고 있었다.

"흐윽…"

이내 완전히 한 몸이 되어갈 즈음, 그녀의 입에서 거친 숨소리와 함께 신음이 터져 나왔다. 나는 왼손으로는 그녀의 머리를, 오른손으로는 그녀의 가슴을 움켜잡고는 그녀의 가슴에 파묻혀 온기를 나누기 시작했다. 그녀의 흥분이 더욱 깊어짐을 느낄 즈음 나는 장난스레 웃으며 그녀에게 말했다.

"얼른 씻으러 가자."
"아 뭔데! 안 돼!"

그녀는 한 몸이 되어 있는 내가 빠져나가지 못하도록 내 허리를 감싸고 있던 다리에 힘을 주어 나를 묶었다.

"바보야, 조금만 참아 이따가 해줄게."
"안 돼!"

그녀는 애교를 부리며 나를 놓아주려 하지 않았다. 다시 한번 장난기가 발동한 나는 그녀를 그대로 들어 올리며 일어섰다. 그녀의 다리는 여전히 내 허리를 꽉 움켜쥐고 있었고, 그런 그녀를 높이 들어 안은 채 화장실로 향했다. 그녀는 내게 안긴 채로 꽉 움켜쥐었던 발을 동동 구르며 나를 보챘다.

나는 그녀를 조심스레 욕조에 앉히고는 따뜻한 물을 틀어 그녀의 몸을 적셔주었다. 그녀는 잔뜩 삐진 표정을 하고는 자신을 씻겨주는 나의 손길에 몸을 맡기기 시작했다. 그녀의 머리를 감겨주고, 손에 바디 워시를 짜서 그녀의 온몸을 부드럽게 어루만지며 비누칠을 해주기 시작했다. 그녀의 다리 사이는 아직까지 촉촉이 젖어 나를 원하고 있었다. 비누칠을 해주는 내 손이 그녀의 발끝에 닿자 그녀는 몸을 움찔하더니 웃으며 말했다.

"간지러워, 바보야!"

간지럽다는 그녀의 말에 내 손은 더욱 빨리 움직이며 그녀의 발가락을 간질이기 시작했다.

그렇게 욕실에서는 한참을 깔깔대는 소리가 퍼졌고, 샤워를 마친 그녀와 나는 간단히 수건으로 서로의 몸을 닦아주고는 욕실의 문을 열었다.
"으! 추워!"
문을 열자 욕실의 따스한 공기가 새어 나가며 모텔방의 찬 공기가 온몸에 스며들기 시작했다. 그녀는 춥다며 곧바로 침대로 달려가 이불 속에 숨었다. 나는 순수한 아이 같은 그녀의 모습을 사랑스러운 눈빛과 함께 미소를 지은 채 지켜보며 욕실 뒷정리를 한 후 이불 속에 숨어 있는 그녀의 품으로 파고들어 갔다. 그리고 그녀가 원하던 사랑을 다시금 나누기 시작했다.

그녀와 나의 온기로 모텔 방을 가득 채우고 나자, 어느새 침대는 땀범벅이 되어 있었다. 관계가 끝나고 우리는 10여 분을 더 끌어안고 서로의 사랑을 확인한 후 담배 한 개비를 꺼내 입에 물고 이야기를 나누었다.

"우리 수아는 정말로 나랑 결혼할 거지?"
"응."
"근데 어제 나한테 남자친구로서 만나기엔 사실 잘 모르겠다고 한 건 도대체 무슨 소리야?"
"몰라!"
그녀는 당황한 듯 모른다는 짧은 답변만을 내놓았다.

"왜 몰라. 솔직히 말해, 바보야. 괜찮으니까. 내가 그날 새벽에 얼마나 걱정했는지 알아?"
"하… 음… 그게, 있잖아…."
"응. 괜찮아, 말해 봐."
"나 오빠가 너무 좋아. 정말 내 평생을 맡기고 결혼을 한다 해도 전혀 후회 없을 만큼."
"그런데?"
"근데 말이야…. 솔직히 가끔 그런 생각도 해. 나는 아직 열아홉

살이고, 이 사람 저 사람 많이 만나보고 싶기도 하고…"

그녀가 조심스레 꺼내는 한마디에 내 표정이 어두워지기 시작했다.

"내가 부족한 점이 있는 거야?"

"아냐, 그런 의미가 아니야. 오빠는 정말 내 인생에 있어 놓치면 안 될 사람인 건 분명해. 다만, 나도 곧 오빠처럼 스무 살이 되는데, 젊은 나이를 즐겨보고 싶기도 하고, 오빠도 가장 꽃다운 지금의 스무 살을 너무 나에게만 쏟는 게 아닌가 싶어서 괜히 미안하기도 하고…"

처음으로 그녀의 앞에서 눈시울이 붉어졌다. 그녀 앞에서만큼은 약해지는 모습을 보이고 싶지 않았고, 항상 오빠로서 기댈 수 있는 사람이고 싶었기에 더 이상 들을 수 없었다. 그녀의 말을 더 듣는다면 오늘 처음으로 그녀에게 약한 눈물을 보일지 모른다.

"아니야, 괜찮아. 그만 얘기하자. 내가 더 예뻐해 줄게. 수아야. 얼른 자자."

조금 전만 해도 서로의 땀과 온기로 가득 찼던 방안은 금세 겨울이라도 된 듯 냉기가 흐르기 시작했다. 그럼에도 아픈 마음을 그녀에게 보이고 싶지 않은 마음에 그녀를 안아주고는 입을 맞춰주었다. 나를 바라보는 그녀의 눈빛은, 분명 그녀의 흔들리는 심정을 표출해내고 있었다. 그 눈빛을 알아차렸음에도 어떤 슬픈 내색조차 비칠 수 없었던 나는 아무것도 모르는 듯 등을 돌렸다.

좁은 침대에서 언제나 서로를 끌어안고 잠을 청하던 우리는 그날 처음으로 한 침대에서 등을 돌리고 누웠다. 등 뒤의 그녀는 피곤했는지 금방 코 고는 소리가 작게 들려왔다.

여러 생각에 빠져 한참을 잠 못 이루던 나는 그녀가 떠나면 나는 어떻게 될까, 정말 그녀는 나를 떠나게 될 수도 있을까 하는 생각에 한 방울 눈물이 흘러나오기 시작했다. 옆으로 흘러내려 침대로 닿은 눈물은 그녀 몰래 가시가 되어 침대를 적시며 나를 찌르기 시작했고, 한 방울 흘러나오기 시작한 눈물은 멈출 줄 모르고 계속 흘러나왔다. 혹여나 손으로 눈물을 닦으면 그녀가 내 눈물을 알아챌까 하는 생각에 닦지도 못하고 그저 흘러나오는 눈물을 받아들일 뿐이었다.

그녀와 한 침대에 누울 때면 언제나 서로의 사랑을 확인하는 땀으로 침대를 적셔왔지만, 오늘만큼은 땀과 눈물이 서로 조화를 이루지 못했고, 기름과 물처럼 섞여지지 못하며 많은 생각을 정리해 내지 못하고 있었다. 그렇게 밤은 깊어만 갔고, 고요한 적막이 내려 앉기 시작했다. 하지만 끝내 잠을 이룰 수 없었던 나는 어제 새벽에 있었던 일이 떠올랐다.

'어제 수아는 도대체 뭘 하고 있었던 걸까?'
나는 조심스레 자리에서 일어나 화장실로 향하며 그녀를 살폈다. 그녀는 나의 인기척을 느끼지 못하고 곤히 잠들어 있었다. 화장실로 향하던 나는 다시 발걸음을 돌려 그녀의 옆으로 다가가 그녀를 불러보았다.

"수아야."

그녀는 깊은 단잠에 빠져 나의 목소리를 듣지 못했다. 누워 있는 그녀의 옆에 충전 중인 아이폰이 내 눈에 들어왔다. 나는 다시금 그녀가 깊게 잠에 들었는지 확인한 후 그녀의 핸드폰을 들었다. 가슴이 뛰기 시작했다. 그녀가 잠에서 깨어나면 나는 어떤 변명을 늘어놔야 할까. 그녀의 핸드폰을 몰래 검사했다는 사실을 그녀가 알게된다면 돌이킬 수 없는 상황에 놓일지 모른다. 나는 그녀를 믿지 못하는 것일까, 나의 사랑이 결국 집착으로 치닫고 만 것일까 하는 생각은 그리 긴 시간을 버티지 못했고, 그녀의 아이폰을 들고는 화장실로 향했다.

그녀의 아이폰에는 비밀번호가 걸려있었다. 그녀와 처음 만난 날 '0512'를 입력해 봤으나 잠금은 풀리지 않았다. 내 휴대폰 끝 번호인 '2782' 역시 아니다. 내 생일, 그녀의 생일 또한 아니다.

끝내 비밀번호를 풀지 못하고 어제의 이야기는 그녀만의 비밀로 묻히고 마는 것일까. 용기를 내어 그녀의 아이폰을 들고 왔지만, 비밀번호를 풀지 못하자 가슴이 답답해지고, 그녀가 없는 새벽을 홀로 보낼 때처럼 서서히 불안증세가 엄습하기 시작했다.

'0949.'

머릿속에서 문득 '0949'라는 숫자가 떠올랐다. 그녀가 예전에 사용하던 비밀번호다. 혹시나 하는 마음에 '0949'를 입력해봤다.

진동 반응과 함께 잠금이 풀렸다. 잠금이 풀리자 서서히 엄습하던 불안 증세가 문을 열고 온몸을 활개 치듯 더더욱 증폭되기 시작했다. 팔이 떨리며 손에는 땀이 차기 시작했다. 순간 그녀의 문자 내역을 볼 자신을 잃고 주저했지만, 나도 모르는 사이 내 손가락은 그녀의 '카카오톡'을 눌러 대화창을 열고 있었다.

수많은 대화창이 있다. 그녀의 친구들과의 단체 채팅방, 그녀의 학교 단체 채팅방, 그사이에 내 눈에 띈 건 어제 그녀가 나를 만나기 전에 선약이 있다고 한 친구 민지와의 채팅방이었다. 조심스레 민지와의 채팅방을 열어봤다.

민지 : 승현이 오빠는 만났어?
수아 : 응. 너는 아직 성원이랑 있어?
민지 : 응. 성원이 어때? 얘는 너 맘에 든다는데.
수아 : 괜찮은 것 같아. 다음에 또 만나봐야지.

딱 네 줄의 메시지만 봤음에도 참을 수 없는 분노가 폭발하기 시작했다. 풀려 있던 눈꺼풀에 힘이 들어가며 눈을 부릅뜨고 그녀의 핸드폰을 꼭 쥐었다. 나는 당장 민지와의 채팅방을 나와 성원이라는 사람과의 채팅방이 있는지 찾아보았다. '성원'이라는 이름의 채팅방은 없었지만, 내 눈에 들어온 것은 웃음 이모티콘으로 저장된 사람과의 채팅방이었다. 떨리는 손으로 그 채팅방을 열어보았다.

2015년 10월 17일 05시 30분

'누나 집에 잘 들어갔어요?'
'웅. 너는?'
'저는 민지 누나랑 잠깐 얘기하고 있어요. 누나 많이 취한 것 같아서 걱정돼서 카톡 해봤어요.'
'아아, 걱정해줘서 고마워~! 내일 보자!'
'네, 잘 자요. 누나~. 일어나면 연락주세요~.'

2015년 10월 18일 14시 10분

'성원아, 나 얼른 갈게. 늦어서 미안해…'
'아녜요. 민지 누나랑 기다리고 있으니까 천천히 와요.'
'누나, 근데 오늘 만나면 물어보려 했는데.'
'뭐?!?'
'누나 남자친구 있잖아요…. 오래 만났다고 하던데…. 저 만나도 되는 거예요?'
'만약 내가 남자친구가 없었다면, 넌 나한테 고백했을 거야?'

수아의 마지막 문장을 보고 눈이 뒤집어지기 시작했다. 심지어 대화 사이사이로 사용되는 이모티콘들은 그녀와 내가 처음 메시지를 주고받을 당시, 그러니까 우리가 사랑을 시작하기 전 나에게 사용하던 것들과 똑같았다.

그다음 내용은 없었다. 아무래도 저 내용을 마지막으로 전화로

우리, 조금 늦게 만났더라면

이야기를 나눈 듯하다. 더욱 참을 수 없었던 것은 지난 새벽 그녀가 내게 남자와 술을 마시고 아무렇지 않은 듯이 집에서 자고 있었다며 거짓말을 했다는 점, 그런 그녀를 믿으려 했던 점, 그런 그녀가 어쨌든 내 옆에 있음을 감사히 여겼던 점, 심지어 오늘 나를 만나기 전까지도 그 남자 새끼와 만나고 왔다는 점이었다.

오늘 그녀를 만날 때 그녀가 내게 건넨 사랑스러운 미소가 떠올랐다. 그녀의 사랑은 전부 거짓인 걸까. 그녀의 사랑스러운 미소는 전부 거짓인 걸까. 그녀는 도대체 왜 나를 만나기 전까지 그 남자 새끼를 만나야 했던 것일까. 그런데도 어떻게 이렇게 티 하나 내지 않고 나와 한 방에서 같이 씻고, 뜨거운 사랑을 나누며 내게 사랑을 속삭였다는 말인가. 오랜 시간 그녀를 만나온 만큼 배신감은 후폭풍처럼 끝없이 밀고 들어와 내 가슴속을 온통 뒤집어 놓았다.

핸드폰을 몰래 들여다보던 나는, 도무지 참을 수 없는 분노에 떨고 있었다. 하지만 분노도 잠시, 둔기로 뒤통수를 맞은 듯 머릿속이 하얘져 그 어떤 행동도 할 수 없었다. 그래선 안 된다는 걸 알지만, 2년 전 내게 큰 트라우마로 남은 중앙동 모텔방의 사건이 떠오르기 시작했다. 그동안 그 일로 인해 얼마나 큰 불안에 떨며 살아와야 했는가. 지금 이 순간 또한 내게 또 다른 트라우마로 남아 나를 괴롭히겠지. 그녀가 지금껏 내게 보였던 미소가 모두 거짓으로 보이기 시작했다.

곤히 잠들어있는 그녀를 바라보았다. 그녀는 우리에게 들이닥칠 시련을 미처 알지 못한 채 몇 시간 전의 내가 보던 사랑스러운 모습 그대로 잠들어 있다. 멍하니 그녀를 바라보던 나는, 담배 한 개비를 물어 성냥불로 불을 붙였다. 담배의 끝부분부터 연기가 피어오르더니, 깊은 한숨과 함께 타들어 가기 시작했다. 떨리는 손가락으로 담배를 들고는 서서히 추억 속으로 빨려 들어가기 시작했다. 모든 걸 잃은 듯한 나의 눈빛은 초점을 잃어가기 시작했고, 손가락은 습관적으로 다 태운 담배를 끄고는 다시금 새 담배를 집어 불을 붙이며 줄담배를 피워내고 있었다. 세 번째 담배를 다 피워낼 즈음 마른 기침과 함께 정신이 들었다. 더 이상은 홀로 이 고통을 감당해낼 수 없다고 생각한 나는 그녀를 깨우기 시작했다.

"박수아"
"……."
그녀는 내 목소리를 듣지 못했는지 대답이 없었다.

"박수아, 일어나."
"으응…?"
그녀의 어깨를 툭툭 치며 깨우자 그녀가 평소와 다른 내 말투에 눈을 비비며 대답했다.

"일어나라고. 할 말 있으니까."
"무슨 말…?"
"정신부터 차리고 말해."
평소와 다른 내 말투에 불길한 예감을 했는지 그녀는 정신없이 앉아서 눈을 비비고는 내게 안겼지만, 나는 그녀를 떼어내며 말했다.

우리, 조금 늦게 만났더라면

"안기지 마. 똑바로 앉아."

"오빠, 왜 그래…."

"너 나한테 할 말 있어?"

"왜 그러는데. 말 해줘야 알지."

시치미를 떼는 그녀의 모습에 화가 치밀어 올라 그녀의 옆에 핸드폰을 툭 던지고는 말했다.

"이거 뭐냐?"

"…혹시 내 핸드폰 봤어?"

그녀의 목소리와 눈빛이 흔들리기 시작했다.

"지금 그게 중요해? 이거 뭐냐고."

"뭐 때문에 그러냐구. 도대체."

"김성원."

체념하듯 그녀에게 건넨 한마디에 그녀는 자신의 핸드폰의 잠금을 풀고 살펴보았다. 그녀는 김성원과의 채팅방을 내게 보여주며 말했다.

"이거 말하는 거야…?"

"응. 네가 말해. 어떻게 된 거야."

"미안해."

"말장난 하는 거 아니니까 미안하다는 말 하지 말고 어떻게 된 건지 설명을 하라고!"

나도 모르게 그녀를 향해 소리쳤다. 2년 전 중앙동에서 사건이 벌어진 그날 이후로 이렇게 화내는 모습을 처음 본 그녀는 잔뜩 겁 먹은 목소리로 이야기를 이어나가기 시작했다.

"사실 그저께 오빠 찾아왔던 날… 민지라는 친구랑 술 마시고 있었어…"

"그래서?"

"민지랑 술을 마시다가, 성원이라는 남자애가 왔었는데… 어찌저찌 하다보니까… 같이 놀게 되어가지고 그렇게 알게 된 사이야."

"네가 소개해달라고 한 건 아니고?"

"아니야…. 진짜 어쩌다보니 그렇게…"

"됐고, 그래서 어떻게 하고 싶은데? 저 새끼가 좋아? 나보다?"

"아니야…"

"어떻게 할 거냐고."

"뭐를…?"

"이제 나 안 만날 거야? 헤어져?"

그녀에게 헤어질 거냐고 물으면서도 나는 헤어지고 싶은 마음이 전혀 없었다. 그저 그녀를 잡아두고 싶었다. 아니, 당장이라도 그녀를 매몰차게 떠나보내고 싶었지만 그럴 자신이 없었는지도 모른다. 그녀를 만난 이후로 그녀 없는 삶에 대해 생각해본 적이 없었기에 두려웠는지도 모른다. 그녀가 당장이라도 미안하다며, 내게 잘하겠다며 용서를 구하길 바라는 마음으로 무심코 내뱉은 말이었다. 단지 나를 향한 그녀의 변함없는 사랑을 확인하고 싶었을 뿐이다.

하지만 그녀는 선뜻 대답하지 못했다. 그런 그녀의 모습에 또 한 번 배신감과 상실감을 느꼈다. 찰나의 대화였지만, 내 몸은 그녀의 입에서 어떤 대답이 나올지 알 수 없다는 불안에 떨고 있었다. 나는 그녀를 재촉하며 다시 물었다.

"대답해, 얼른."
"잘 모르겠어."
"뭐?"
"……."

잘 모르겠다는 대답에 나는 사무치게 몰려오는 서운함을 이루 감출 방법이 없었다. 당연히 그녀는 언제나와 같이 내 곁에 있어 줄 거라 생각했고, 그녀가 내 곁을 떠나갈 일은 절대 없으리라 믿었다. 당장이라도 그녀의 입에서는 미안하다는 말과 함께 내게 용서를 빌 것만 같았다. 하지만 지금 내 앞에 앉아 있는 그녀의 모습은 너무나도 낯선 사람이 되어 금방이라도 나를 떠나갈 것만 같았다. 그녀의 목소리도, 눈동자도 지금껏 내가 봐온 사람이라 믿을 수 없을 만큼 다른 사람이 되어 있었다. 내 사랑이 병적인 모습으로 변화해온 시간만큼, 그녀의 마음 또한 변해온 것일까.

그녀는 내게 있어 바람에 실려 오는 봄과 같은 계절이었다. 추운 겨울을 딛고 실려 온 봄이라는 계절은 여름이라는 뜨거운 계절을 남기고, 여름은 언제 그랬냐는 듯 다시금 가을의 찬바람을 천천히 데려오기 시작하다가 결국 다시 겨울이라는 계절로 돌아가게 마련이다. 언젠가는 겨울이 찾아온다는 것을 알고 있었지만, 나는 지금껏 그녀에게 매서운 눈보라 대신 겨울바람마저 황홀한 광경으로 보일 수 있는 눈꽃송이가 되어주길 바라왔었다. 허나 지금 그녀의 눈에 비친 눈보라는 금방이라도 온 세상을 덮칠 것만 같았다.

목에서는 금방이라도 설움이 폭발할 것만 같았다. 터져 나오려는 울음을 억지로 참아내려는 내 모습을 눈치챘는지, 그녀의 눈에 비친 눈보라가 조금씩 희미해지는 듯했다. 나는 울먹이는 목소리로 그녀에게 물었다.

"진짜 모르겠어…? 이제는 나랑 헤어져도 상관없어?"
"……."
"우리 결혼하자던 약속은? 결국 그저 아무 의미 없었던 애들 장난인 거야? 그럴 거면 도대체 왜 그렇게 말했어? 그런 이야기를 나눌 때마다 세상 어떤 여자보다 행복했던 네 표정은 다 거짓인 거야? 어떻게 그래?"

그녀는 역시 아무런 대답이 없었고, 결국 내 눈에서는 눈물이 터져 나오기 시작했다. 처음으로 그녀의 앞에서 눈물을 보이고 만 것이다. 적어도 그녀의 앞에서만큼은 약한 모습을 보여주기 싫었던 나의 모든 노력이 무너지고 말았다. 지난 2년 동안 참아온 눈물은 오늘 모든 걸 쏟아내려는 듯 도무지 멈출 기미가 보이지 않았다. 오늘 그녀가 내게 준 설움은 생각보다 많이 쓰라렸다. 아니, 쓰라리다

우리, 조금 늦게 만났더라면

못해 가슴을 후벼 파는 듯 광적인 고통으로 내게 다가왔다. 그녀를 만나기 전에 일어났던 발등이 산산조각 나는 교통사고의 육체적 고통도 지금 그녀에게서 받는 정신적 설움으로 인한 고통과는 도저히 비할 바가 아니었다.

눈동자에서 흘러내리는 눈물은 빈 술잔을 채워가며 가장 독한 술이 되어가고 있었다.

결국 목에서는 흐느끼는 울음이 터져 나왔다. 약한 모습을 보이기 싫었던 나의 노력이 도대체 언제 있었냐는 듯 부모를 잃어버린 어린아이처럼 구슬프게 울었다. 숨도 제대로 쉬지 못할 만큼 바보처럼 그저 우는 수밖에 없었다. 그것만이 그녀의 매서운 눈보라 속에서 내가 할 수 있는 전부였기 때문이다.

"오빠…."

그녀가 떨리는 목소리로 나를 불렀다.

"오빠… 이리와…"

그녀가 일어서서 왼손으로 내 머리를 잡더니 자신의 가슴팍으로 끌어당기며 날 안아주었다. 그녀의 가슴에 안겨 한참이나 눈물을 쏟아냈다. 너무도 바보 같은 내 모습을 상상할 겨를조차 없었다. 그저 한없이 눈물 섞인 울음을 쏟아낼 뿐이었다. 옷가지 하나 걸치지 않은 그녀의 맨가슴은 내 얼굴을 부드러우면서도 따뜻하게 감싸며

날 위로했다.

"오빠… 미안해…. 내가 뭐라고…."
"내 전부…."

　미안하다는 그녀의 말에 짧게 대답한 나는 그저 터져 나오는 울음만 하염없이 뱉어낼 뿐이었다. 울음을 그치고 싶었지만, 도저히 멈출 생각을 하지 않았다. 그동안 참아왔던 눈물이 터져 나온 탓일까. 그녀의 앞에서 처음으로 흘린 눈물은 쌓여온 설움을 터뜨리며 털어내듯 그저 한없이 터져 나왔다. 그런 와중에도 나를 감싸는 그녀의 손길은 마치 천사의 깃털처럼 부드러웠다. 처음으로 그녀에게 위로를 받고 있다는 사실을 느꼈다. 나는 그녀의 손길을 통해 느꼈다.

　'나로 인해 네가 위로받기를 원했는데, 이제 와 생각해보니 너로 인해 내가 위로받고 있었나 보다.'

"오빠…. 진짜 미안해…. 내가 정말 잘할게…."

　수도 없이 그녀에게서 들어온 말이다. 하지만 역시나 같은 일은 되풀이되어왔고, 지금 그녀가 내게 뱉은 한마디 또한 늘 그래왔듯이 결국 똑같은 상황을 만들어낼지 모른다. 물론 많은 시간을 그녀와 함께 보내고, 많은 일을 겪으며 그녀가 조금씩 변해왔음을 느끼긴 했다.

우리, 조금 늦게 만났더라면

도대체 얼마나 이런 일을 반복해서 겪어내야 우리에게 시련이 찾아오지 않을까? 그 답을 찾기 위한 반복은 끝내 마지막 모습을 보이지 않은 채 평생토록 나를 괴롭힐지도 모르지만, 어쩔 수 있겠는가. 내가 사랑하는 여자는 오직 그녀 하나뿐이기에, 그녀를 잃는다면 나는 삶에서 도대체 무엇을 바라보며 살아갈 것인가. 나는 그저 장난처럼 뱉어왔던 '결혼'이라는 미래에 대한 약속을 지키기 위해 최선을 다하고, 내가 감내할 수 있는 고통은 그 강도가 어떠하든 그저 버텨낼 방법밖에 없다. 언젠가 그녀 또한 나의 이런 무식하고 바보 같은 사랑을 이해해주고 나만을 사랑해줄 날이 오지 않겠는가.

"다시는 그러지 마. 진짜 마지막 기회야. 진심으로…."
"응…. 미안해…. 다시는 그러지 않을게…."

한참을 그녀의 가슴에 안겨 울던 내가 뱉은 말이었다. 역시나 미안하다며 다시는 그러지 않겠다는 그녀의 말에 내 심장은 무너져 내렸다. 분노와 배신감이 치밀어 올라 터질 뻔했던 나의 가슴은 이내 모르핀을 주사한 듯 가라앉았고, 떨리던 손도, 끝없이 흘러내리던 눈물도 멈추어갔다.

그녀와 나 사이에 어떤 일들이 일어나든, 그저 그녀에 안겨 있을 수 있다는 사실만으로 잠시 안정을 되찾은 나는 속으로 생각했다.

'내 심장은 잠시 멎을 듯 아팠지만, 우리의 사랑이 멎진 않아서 다

행이야.'

"수아야."
"응."

나는 잠시 깊은 생각을 한 후 그녀에게 한마디를 건넸다.

"네가 나를 어떤 생각으로 바라보든, 내가 지금껏 너에게 보여 온 마음은 항상 거짓 하나 없는 진심이었고, 앞으로도 널 내 옆에 두기 위해서는 어떤 노력이든 최선을 다할 거야. 그런데 있잖아…. 솔직히 말해서 이런 일이 자꾸 반복되는 거 정말 미칠 듯이 버거워. 알지?"
"응…."
"우리 진짜 한 번 더 노력해보자. 혹시나 우리 노력이 언젠가 무너져 내려 뒤돌아서게 된다면 그때 이 말을 기억해줘."
"무슨 말…?"
"언젠가 너를 기억하는 곡을 쓸게. 가사도 직접 쓰고, 가사만 들어도 우리의 노래임을 알 수 있도록. 그때 한 번만 우리 지난 행복했던 시간을 다시 떠올려줘. 나는 그거 하나면 돼."

과연 내가 갈망하는 길은 막연한 기대감인가,
그 끝에 오는 처절한 상실감인가

- 임승현, 작가

2015년 12월 1일

어느덧 짧게만 느껴졌던 인생에 한 번뿐인 스무 살의 해가 저물어 가고 있다. 청춘은 다시 돌아오지 않는다지만, 내게 주어진 스무 살이라는 청춘을 그녀에게 모두 바친 것에 후회는 없다. 창밖에서는 눈이 내리고, 매서운 칼바람이 불기 시작했다. 해가 뜬 지 얼마 되지 않은 시간, 나는 일찍 일어나 창밖을 바라보며 고민에 빠져 있었다.

"하…. 큰일이네…."

깊은 한숨을 내쉬며 핸드폰으로 계좌의 잔액을 확인했다.

'13,700원'

만 원밖에 없는 잔고를 보며 고개를 푹 떨구었다. 오늘은 그녀의 생일이기 때문이다. 남자로 태어나서, 하나뿐인 여자의 생일 케이크를 사 줄 돈도 없다는 사실에 나 자신이 창피해지기 시작했다.

"돈 좀 아껴 쓰면서 모아둘 걸…. 진짜 어떡하지…."

앞길이 막막해지기 시작했다. 당장 오늘이 수아의 생일인데, 어떤 방법도 떠오르지 않았다. 이런저런 핑계를 대고 약속을 미룰까 하는 생각도 해보았지만, 그 방법은 도저히 아니라는 생각이 들어 한숨을 내쉬었다.

나는 도대체 잘하는 게 뭘까. 학창 시절의 나는 자신의 미래에 꽤나 큰 자신감을 갖고 있었고, 스무 살부터 시작되는 청춘에 대한 기대감도 굉장히 컸다. 스무 살이 되면 얼마나 의미 있는 시간을 보내고, 꿈에 그리던 예술대학에서 캠퍼스 생활을 하며 '가수'라는 꿈에 한 발짝 다가서기 위해 노력하는 시간을 보내게 될까. 또 20대 중반쯤 되면 사회적으로 어느 정도 자리를 잡아 값비싼 외제차도 사고, 그녀와 함께 이곳저곳 여행도 다닐 것이라 믿었다.

하지만 내가 몸소 겪은 스무 살이라는 현실의 벽은 너무나 높았다. 벽 뒤에 어떤 삶이 기다리고 있는지 가늠조차 하지 못할 정도의 철옹성 같은 벽은, 조금도 앞을 내다보지 못하게 만들었다. 지난 열두 달간 지내온 나의 1년이라는 시간 속에서, 그녀를 빼면 남는 것이 아무것도 없을 만큼 초라하고 비참했다. 나는 대체 지금껏 뭘 하며 살아온 것일까. 이대로 시간이 흘러 그 어떤 것도 이루지 못한 채 그녀와 결혼을 하게 된다면, 나는 그녀를 행복하게 해줄 수 있을까? 몇 번이고 생각을 해보았지만 도저히 자신이 없었다. 꿈꾸던 삶과 맞닥뜨린 현실은 처절할 정도로 동떨어져 있었다.

한참을 생각하던 나는 컴퓨터 의자에 털썩 앉아 컴퓨터의 전원을 켜 힘없이 키보드를 누르며 네이버 지식인에 글을 올렸다.

제 미래가 너무 겁이 납니다.

안녕하세요. 현재 20살이며 검정고시 졸업자입니다. 인문계로 진학한 후 중퇴했구요. 중3때부터 노래가 너무 좋아 노래를 파보자 하며 살아왔는데, 실질적으로 노력한 건 거의 없습니다. 노래를 하기엔 실력이 턱없이 부족합니다. 할 줄 아는 것도 없습니다. 몇 달 뒤면 입대를 하게 될 것이고, 전역 후엔 사회인인데 과연 제가 무엇을 하고 살수 있을까요?

그리고 저에게는 지금 세상 누구보다 사랑하는 한 사람이 있습니다. 어린 나이이지만 오랜 시간을 함께 만나며 결혼을 약속할 정도로요.
과연 이런 제가 그녀를 책임지고 지켜줄 만한 능력을 만들 수 있을까요?
제 미래가 너무 겁이 납니다.
철없이 그저 노래가 너무 좋다며, 나에겐 노래밖에 없다며 가수가되겠다는 꿈을 호언장담하던 시절이 엊그제 같은데 벌써 시간은 이렇게 흘러버렸고, 발전이라곤 찾아볼 수 없습니다. 제 철없던 시절이 너무 후회가 됩니다. 의욕도 부족한 저는 공장에서 일하며 버틸 자신도 없고, 직장 생활은 꿈도 못 꾸겠지만 만약 직장인이 된다 해도 그 반복되는 일상을 버티지 못할 것 같습니다. 의욕도 없고 오로지 노래만 꿈꾸다 현실이라는 벽을 만난 제게 과연 미래는 허락되지 않은 것일까요…?

글을 쓰는 내내 깊이 내쉬던 한숨은 어느새 방안을 가득 채운 듯했다. 컴퓨터 책상 옆의 피아노는 따가운 눈초리로 나를 쳐다보는 듯 했다. 피아노 옆면에는 얼마 전 있었던 재수 실기 시험장에서 받은 수험번호 스티커가 붙어 있었다. 수험번호를 보니, 한결 마음이 무거워지기 시작했다. 그 어떤 날보다 행복한 날이 되어야 할 그녀의 생일인데, 텅텅 비어 있는 계좌의 잔고와 스스로에 대한 회의감이 나를 더욱 비참하고 초라하게 만들 뿐이었다.

컴퓨터를 끄고는 머릿속에 가득한 걱정을 안고 침대에 눕자 피아노 위에 올라가 있는 아이패드가 눈에 들어왔다. 보컬 연습을 위해 구입한 아이패드였다. 녹음용 마이크가 아님에도 녹음 음질이 좋고, 녹음 프로그램 및 MR의 키와 템포를 조절할 수 있는 어플이 있기에, 보컬을 전공하는 사람이라면 대부분 아이패드를 구입해 사용했다.

'아이패드를… 팔까…?'

아이패드를 팔면 입시를 준비하는 데 있어 분명 지장이 가겠지만, 지금 내게 입시보다 중요한 것은 그녀의 생일이었다.

'일단 팔고 나중에 여유 되면 그때 사도 될 것 같은데… 20만 원 정도에 팔면…. 케이크 사고 나머지는 선물하고 같이 데이트하는데 쓰고.'

멍청한 생각이었지만 다른 방법이 없었다. 나는 얼마 전 아이패드 구입을 고민하던 예대 입시 반 친구이자 초등학생 시절부터 오랜 시간을 함께해 온 '석주훈'이라는 친구에게 전화를 걸었다.

"여보세요."
그는 잠에서 덜 깬 듯한 목소리로 대답했다.

"주훈아, 어디냐. 집이냐?"
"집이지. 왜?"
"너 얼마 전에 아이패드 사려고 했잖아. 내 거 살래?"
"왜? 그럼 너는? 새로 사게?"
"아니, 나 오늘 여자친구 생일인데 돈이 급해서. 일단 팔고 나중에 다시 사지 뭐."
"미친놈아, 지금 입시 기간인데 팔면 연습은 어떡하려고?"
"몰라. 그냥 핸드폰으로 녹음하면서 연습하지 뭐. 없다고 연습 못 하는 건 아니잖아?"
"그래서 얼마에 팔 건데?"
"20만 원?"

"야이씨. 그 가격이면 무조건 사지. 계좌 보내줘."

"알았어. 입금은 바로 할 수 있지? 지금 케이크 사러 가야 해서."

"알겠어."

전화를 끊자 입가에 미소가 번지기 시작했다. 당장 걱정이었던 그녀의 생일은 그렇게 해결되는 듯했다. 신이 난 표정으로 화장실에 들어가 옷을 벗고 따뜻한 물로 샤워를 하니 마음이 한결 가벼워졌다. 샤워를 마친 후 로션을 바르고 고데기로 머리를 조금씩 꼬아 스타일링을 했다. 생머리였던 머리카락은 마치 파마를 한 듯 스타일링 되어갔다. 손에 왁스를 조금 덜어 디테일하게 머리를 만지고, 헤어스프레이를 뿌려 단단히 고정했다. 그녀의 생일인 만큼 평소보다 조금 더 신경 써서 스타일링을 했다. 거울에 비친 내 모습은 조금 전의 초라한 모습을 찾아볼 수 없을 정도로 나아졌다.

준비를 마친 뒤 두꺼운 패딩 잠바를 입고 문을 나섰다. 바깥의 날씨가 얼마나 추운지 알려주는 듯 계단에서부터 한기가 몸을 감싸기 시작했다. 계단을 내려와 1층의 공동 현관을 나서자 추위가 온 몸을 파고들기 시작했다. 다행히도 바람이 크게 불지 않았지만, 기온은 영하 10도를 기록할 만큼 추웠다.

더 이상의 추위를 버티기 힘들었던 나는 주머니에 양손을 넣고는 곧장 차로 뛰어갔다. 그녀와의 많은 추억이 바래있는 05년식 싼타페의 문을 열어 운전석에 올랐다. 바깥의 온도와 별다를 것 없었다. 내부 시트는 꽁꽁 얼어 있는 듯 허벅지를 덜덜 떨게 만들었다. 곧장 차키를 꽂아 시동을 걸고 히터와 열선 시트부터 켰다. 너무 추운 날씨 탓인지 히터는 금세 따뜻해질 생각을 하지 않고 한참동안이나 찬 바람만 나왔다. 떨리는 몸으로 차가운 핸들을 잡고 액셀을 밟아 주차장을 빠져나가 케이크 가게를 향해 달리기 시작했다.

단지를 빠져나오자 도로 옆으로 펼쳐진 개천가의 나무들은 모두 벌거벗은 채 추운 겨울을 버티고 있었다. 꽁꽁 얼은 도로 탓에 차들은 느린 속도로 각자의 길을 향했고, 나 또한 그들 사이를 달리고 있었다.

초지동의 상가 단지에 도착한 나는 평소 눈여겨보던 케이크 가게로 들어갔다. 케이크 가게는 히터를 세게 틀었는지 바깥과는 확연히 대비될 정도로 따뜻했다. 내부 인테리어는 대부분 원목으로 이루어져 있었으며, 케이크 가게답지 않은 고풍스러운 샹들리에가 아름답게 빛나며 천장을 장식하고 있었다. 갓 구워낸 빵은 저마다 맛있는 향기를 내며 진열되어 있었고, 종업원이 위치한 카운터 옆에는 케이크가 진열되어 있었다.

"어서 오세요~."

가게에 들어서자 종업원이 밝은 목소리로 내게 인사를 건네주었다. 그녀의 목소리는 그녀의 성격을 알려주기라도 하듯 부드럽고 침착했다.

"저 여자친구 케이크 사려고 하는데, 생크림이 좋을까요? 초코가 좋을까요?"

"글쎄요~. 취향 차이 아닐까요? 여자친구분이 어떤 케이크를 좋아하는지 잘 모르시면 무난한 생크림이 좋지요~."

"음…. 생크림으로 주세요. 사이즈는 큰 게 낫겠죠?"

"두 분이서 드시려면 작은 것도 괜찮고요. 사이즈보다는 마음이 중요하지 않을까요?"

"그렇긴 한데…. 음…. 그냥 큰 걸로 주세요!"

"네에~. 결제 도와드릴게요~!"

"네. 일단 이 카드 결제되는지 한번 확인 해주세요!"

어머니와 아버지의 성격을 닮아 남더라도 부족하지 않도록 구매하는 성격인 나는 가장 큰 사이즈의 케이크를 구매하기로 하고 종업원에게 카드를 내밀며 물었다. 친구가 아직 돈을 보내지 않았을지도 모르니 말이다.

"네~. 결제되셨습니다~."

"네, 감사합니다. 안녕히 계세요!"

"네~. 감사합니다. 다음에 또 오세요."

결제가 되는 걸 보니 친구가 입금을 해주었나 보다. 오른손에 케이크를 들고 유리로 된 가게 문을 열고 나섰다. 히터 바람에 강추위를 잠시 잊었던 나는 바깥의 날씨를 다시금 체감하고 얼른 차로 향했다. 날씨가 얼마나 추웠는지 차 안은 금세 차가워졌다.

시동을 걸고 그녀의 선물을 사기 위해 10여 분을 달려 고잔 신도

시에 위치한 NC 백화점에 들렀다. A동과 B동으로 나뉘어 있는 백화점은 회색 건물이었다. 10년을 넘게 한 자리를 지켜왔기에 안산시에 거주한 사람이라면 누구나 알만한 고잔 신도시의 터줏대감 같은 백화점이었다. 그리 고급스러운 백화점은 아니었지만 근방에서 가장 가깝고, 1층엔 주얼리 매장도 있기에 그녀의 선물을 준비하려는 나에겐 꽤나 괜찮은 선택지였다.

지하 주차장 입구로 들어서자 안내 요원이 인사를 건네주며 지하로 안내했다. 안내를 따라 지하 5층까지 내려가 주차를 하고는 시동을 끈 뒤 차에서 내렸다. 지하 5층이라 그런지 매서운 추위를 피할 수 있었다. 통유리로 된 입구를 지나쳐 한참을 기다린 나는 엘리베이터에 탑승했다. 잠시 후 1층에 도착한 나는 매장을 한 바퀴 돌며 어떤 선물을 할지 곰곰이 생각해보았다. 평일이라 그런지 매장 안에는 손님이 그리 많지 않았다.

매장을 둘러보던 나는 한 액세서리 매장으로 향했다. 유리로 된 진열장 안에는 각종 은으로 제작한 반지와 귀걸이 등이 진열되어 있었다. 갈팡질팡하며 한참을 구경하던 나에게 170㎝는 족히 넘어 보이는 여성 종업원이 말을 걸었다.

"어떤 물건 찾으세요?"
"저 여자친구 생일선물 하려고 하는데 어떤 게 좋을까요? 제가 액세서리에는 크게 관심이 없어서요."
"여자친구분은 나이가 어떻게 되세요?"

"다음 달이면 20살이에요."

"그러면 귀걸이보다는 목걸이가 조금 더 의미 있을 것 같아요. 물론 제 생각이지만요! 이 목걸이는 어떠세요?"

종업원이 보여준 목걸이는 은으로 제작된 목걸이였다. 가운데에는 꽃모양의 작은 큐빅이 박혀 있었고, 심플하고 튀지 않는 무난한 디자인이었다.

"오… 이거 괜찮은 것 같은데, 얼마에요?"

"89,000원입니다. 저희 매장에서 가장 많이 나가는 제품입니다!"

"그러면 이걸로 하겠습니다. 카드 결제할게요."

생각보다 괜찮은 디자인에 더 이상의 고민 없이 결정했다. 종업원은 목걸이를 작은 상자에 포장해주었다. 선물을 고르다 보니 욕심이 조금 생겨났다. 은이 아니라 금으로 해줬다면 더 좋았을 텐데. 내가 지금 가진 능력이 없다는 현실이 조금은 무겁게 다가왔다. 나중에는 꼭 금으로 선물해주겠다는 다짐을 하며 선물 상자를 들고 지하에 내려가 차에 올라타서는 수아에게 전화를 걸었다.

"수아야, 학교 언제 끝나?"

"나 네 시쯤 끝나!"

"그러면 네 시에 만날까? 아니면 저녁에 만날까?"

"오빠, 나 집 가서 준비 좀 하고 좀만 쉴 테니까 저녁 여덟 시쯤에 만나자. 괜찮아?"

"그래! 이따 전화할게!"
"응!"

　짧은 통화를 끝낸 나는 집에 들러 그녀를 위한 짧은 편지를 준비하고는 잠시 잠에 빠져들었다. 해가 떨어지고 은은한 달빛이 떠오를 즈음 잠에서 깨어난 나는 서둘러 집을 나서 그녀의 집으로 향했다.
　그녀의 집으로 향하는 길은 언제나 새롭다. 2년 전 선부동에서의 첫 만남도, 1년 전 면허를 딴 후 처음 렌트카 운전대를 잡고 그녀의 집으로 향할 때도, 그리고 지금 2년의 시간을 훌쩍 넘기고 3주년을 바라보고 있는 지금도. 언제나 새로운 설렘이 내 심장이 그녀를 위해 뛰고 있음을 증명하는 듯했다.

　30여 분을 달려 도착한 그녀의 집 앞, 어둠이 내려앉은 낡은 아파트 위로 그녀의 생일을 축하하는지 달과 별이 찬란히 빛나고 있었다. 언제나와 같이 그녀는 밝은 미소로 나를 맞이하며 조수석에 올라탔다.

"오빠, 내가 오늘 밥 사줄게! 엄마가 오빠랑 나 고기 사 먹으라고 용돈 주셨어!"
"아이구…. 어머님께 감사 전화 드려야겠네."

　결혼이라는 말은 그녀와 나만의 약속이 아니었다. 서로의 부모님을 꾸준히 뵈며, 명절날에는 서로의 집에 들러 며칠을 함께 있을 정도로 결혼에 대해서는 양가 부모님과 이야기를 나누곤 했다. 짧은 통화로 그녀의 어머님께 감사 인사를 전한 뒤 우리는 안산시 중앙동에 위치한 갈비집에 도착했다. 안으로 들어서자 맛깔나는 고기 냄새가 코를 자극했다. 입구를 지나 넓게 펼쳐진 테이블은 50여 개가 넘어 보였고, 원목으로 이루어진 깔끔한 인테리어는 우리의 눈을 사로잡았다. 창가에 앉은 우리는 고기 2인분을 주문했다. 날씨가 얼마나 추운지 창밖을 지나는 사람들은 하나같이 두꺼운 잠바를 입고 몸을 한껏 움츠린 채 걸어 다니고 있었다. 얼마 지나지 않아 주문한 고기가 나왔고, 나는 그녀를 위해 정성껏 고기를 굽기 시작했다.

"오빠, 나 할 말 있어!"
"좋은 소식이야, 나쁜 소식이야?"
"좋은 소식일 수도 있고, 나쁜 소식일 수도 있고."

순간 식은땀이 나기 시작했다. 내 인생에서 그녀는 언제나 1순위였고, 언젠가부터 그녀의 사소한 말투와 행동에 따라 내 기분이 쾌락과 나락을 오갈 만큼 그녀를 향한 나의 사랑이 집착을 띄고 있었기 때문이다.

"뭔데…? 말해 봐."
"나, 대학 붙었어!"
"웅? 그럼 좋은 소식 아니야? 어디 붙었는데?"
"공주대학교! 천안에 있는 공대야."
"천안…? 그럼 안산에서 천안까지 다니기 힘들겠네."

우리, 조금 늦게 만났더라면

"그러니까… 그게 문제야. 4년제라는 점은 마음에 드는데, 그렇게 멀리 다니면 이제 오빠 보는 시간도 줄어들 거고…. 힘들어서 어떻게 다닐지 걱정이야."

"가까운 곳으로 다니면 안 되는 거야?"

"수원에 여대 하나 붙기는 했는데, 역시 4년제에 다니고 싶어서."

"그러면 나는 차라리 여대 다녔으면 하는데…. 천안으로 어떻게 통학해?"

"천안으로 가면 자취해야 할지도 모르지."

"뭐? 자취…? 조금 힘들더라도 통학하면 안 되는 거야?"

불안한 듯 가슴이 뛰기 시작했다. 나는 아직 대학 하나 붙지 못했는데, 그녀는 어느새 본인의 대학을 정하고 있었다. 언제나 그녀는 나를 믿고 따라왔지만, 나는 그녀에게 멋진 모습 하나 보여주지 못한 철없는 남자일지도 모른다. 또한 자취를 해야 할지도 모른다는 그녀의 말에 걱정이 앞서기 시작했다. 공대에는 분명 남자들이 넘쳐날 거고, 대학 하나 붙지 못한 나보다 잘난 남자들이 그녀를 꼬시기 위해 어떤 짓을 할지 모르기 때문이다.

"수아야."

"응?"

"자취는 안 했으면 좋겠어."

"왜?"

"만나기도 힘들 거고, 솔직히 걱정돼."

"뭐가 걱정되는데?"

"멀지 않은 미래에 나는 꼭 멋진 남자가 되어서 수아랑 결혼하고 싶은데, 지금의 나는 가진 것도 없고, 곧 군대도 가야 하잖아. 요즘 들어서 그런 걱정 때문에 자존감도 떨어지기도 하고. 창피한 말이지만 공대에는 남자들이 넘쳐날 텐데 혹여나 뺏기게 되진 않을까 걱정이 돼."

"오빠도 참 별 게 걱정이다! 내가 오빠 말고 무슨 남자를 만난다고…. 나를 그렇게 못 믿어?"

"그건 아니지만… 왜, 몸이 멀어지면 마음도 멀어진다는 말이 있잖아. 진심으로 걱정된단 말이야."

"알겠어. 그러면 일단 천안으로 다니게 되더라도 최대한 통학해보려고 노력해볼게."

"일단 이 얘기는 나중에 하자. 오늘은 수아 생일이니까 좋은 얘기만 해야지!"

급히 이야기를 마무리 지은 나는 화장실에 다녀오겠다는 말과 함께 고깃집을 나가서 가게 앞에 주차해놓은 차로 향했다. 트렁크를 열어 그녀를 위해 준비한 선물과 케이크를 챙겼다. 혹여나 창문 밖으로 내 모습이 보일까 조심스레 움직여 케이크에 초를 붙이고는 그녀가 앉아있는 테이블로 향했다. 그녀는 인기척을 느꼈는지 나를 보고는 놀란 얼굴을 했다.

"수아야, 생일 축하해."

"뭐야, 오빠. 서프라이즈야? 귀여워 죽겠네."

"응! 방금 차에서 가져오는 거 본 거 아니지?"

우리, 조금 늦게 만났더라면

"사실 다 봤어. 몰래 뛰어오는 모습이 얼마나 귀여운지… 바보 같아!"

"헉. 다 보고 있었어? 에이씨… 차를 다른 곳에 댔어야 하는데…."

"고마워, 오빠. 바보 같은 내 남자친구."

"내가 지금 능력도 없고 가진 것도 없는 초라한 모습으로 보일지 모르겠지만, 나중에 우리 꼭 결혼해서 멋지게 살자. 내가 꼭 성공해서 우리 수아 더 좋은 거 많이 사줄게."

그녀는 나를 사랑스러운 듯 쳐다보았다. 그렇게 그날 떠오른 달은 그녀의 생일을 기념하며 깊어가고 있었다.

우리는 짧은 식사를 마치고 차에 올라 그녀의 집으로 향하며 이야기를 나누었다.

"수아야, 저 차 엄청 예쁘지 않아?"

내 눈에 띈 차는 이번에 'Mercedes Benz' 사에서 새롭게 출시된 차였다. 차를 좋아하는 나와 그녀가 가장 좋아하는 브랜드의 새로운 차량이기도 했다.

"헐…. 완전 예쁘다. 새로 나온 거야?"

"응! 완전 예쁘지? 내가 꼭 성공해서 커플카로 사줄게!"

"아니야! 내가 돈 많이많이 벌어서 오빠 사줄 거야!"

"나중에 꼭 주차장에 두 대를 나란히 세우는 날이 왔으면 좋겠다."

"걱정 마, 오빠. 그렇게 될 거야."

그녀와 나는 다시금 결혼에 대한 이야기를 나누며 미래를 함께하는 상상으로 웃음꽃을 피우고 있었다. 그녀와 함께해온 지난 시간이 헛된 노력으로 남지 않도록, 그저 과거의 추억만으로 남지 않도록 나는 어떤 노력이든 최선을 다할 것이다. 무슨 일이 있어도 그녀를 놓치지 않겠다는 다짐을 하며 그녀의 생일은 지나갔다.

조금은 불안정한 지금 우리의 모습은, 미래에 우리의 사이를 더욱 끈끈하게 만들어 주리라. 가끔 갈팡질팡하는 그녀의 모습 또한 미래의 나를 더욱 사랑하기 위함이니, 그저 지금의 힘겨운 시간이 빨리 지나고 안정된 미래가 다가오기를 바랄 뿐이다. 지금껏 서로에게 많은 상처를 주었음에도 함께 견뎌온 만큼, 앞으로 다가올 그 어떤 시련도 분명 현명하게 극복해 나갈 것이다.

다만, 지금은 조금 불안정한 사랑의 형태를 띠고 있을 뿐이다. 우리가 지금껏 함께 흘려온 눈물은 천천히 굳어 깨어지지 않는 다이아몬드가 되어갈 것이니, 앞으로 어떤 시련이 찾아와도 괜찮다. 언젠가 잊힐지 모르는 작은 추억마저 저 하늘을 비추는 별이 기억해줄 것이니 말이다.

우리, 조금 늦게 만났더라면

#13.

사랑을 하는 사람과 사랑을 받는 사람은
항상 따로 있어

- 윌리엄 서머셋 모옴, 극작가

2016년 1월 2일

　오늘은 그녀와 새해를 맞아 여행을 가기로 한 날이다. 항상 그래 왔듯이 12월 31일 연말에 여행을 떠나려 했으나 비용적인 문제와 인파가 몰리는 현상을 고려하여 1월 초에 여행을 떠나기로 했다. 2주 전부터 함께 계획을 짜 12월 31일에는 인천에서 열리는 연말 행사에 다녀왔다. 그날은 함께 불꽃축제도 보고, 서로를 위한 커플 팔찌도 맞춤 제작하여 구매했다. 서로의 이름과 전화번호가 적힌 팔찌를 차고, 메모지에 각자의 소원을 적어 행사장 한편에 위치한 부스에 붙여놓았다. 그녀와 나는 '결혼하게 해주세요.'라는 문구를 함께 적어 붙여놓고 불꽃놀이를 보며 소원을 빌었다.

　그로부터 이틀이 지난 오늘 여행을 가기로 했는데, 원래는 강원도 경포대에 위치한 S202라는 펜션에 2박 3일로 여행을 떠날 예정이었다. 그러나 가격이 너무 비싼 관계로 안산 중앙동에 위치한 웨딩 호텔에서 2박 3일간 머무른 후 셋째 날에 경포대 S202 호텔로 떠나 1박 2일 동안 머물기로 했다. 총 3박 4일간 그녀와 함께할 생각을 하

117

니 괜스레 미소가 머금어지는 아침이었다.

띵동.

여행을 떠나기 위해 짐을 챙기고 있는데 초인종이 울렸다. 이른 아침부터 누구인가 싶어 인터폰을 받아보니 우편배달부였다. 가족 앞으로 배달되는 우편이겠거니 한 나는 아무런 의심 없이 문을 열어주었다.

"안녕하세요. 임승현 씨 계신가요? 등기 우편입니다."
"네, 저예요."
"사인 한 번 부탁드릴게요."

내 앞으로 등기 우편이 오리라고는 생각지도 못했는데, 일단은 나에게 왔다고 하니 얼른 휴대폰보다는 조금 더 커 보이는 단말기에 사인을 하고는 방으로 들어와 갈색 봉투를 뜯었다.

"설마 경찰서에서 우편 날아온 건 아니겠지?"

어릴 적부터 하도 많은 사고를 치며 지내왔던 나는 설마 이제 와서 조사가 들어가는 건이 있을까 싶어 가슴 졸이며 내용물을 읽어보았다.
입대 영장이었다. 작년 신체검사 당시 입대 희망일을 분명 8월에서 10월 사이로 설정해 두었는데 벌써 입대 영장이 왔다는 사실이 이해가 가지 않았다.

"뭐야? 입대 영장이 왜 벌써 와? 나 8월 이후 입대를 희망했는데…"

입대 영장을 쭉 읽어보았다. 맨 밑의 '2016년 9월 6일 입대'라는 문구가 눈에 들어왔다.

"9월 입대인데 영장이 벌써 나오나…?"

20살이 됐을 때부터 입대에 대한 걱정을 하기 시작했다. 그런데 이렇게 갑작스럽게 입대 영장을 우편으로 받으니 묘한 긴장감이 맴돌았다. 그리고 입대로 인해 3수가 늦어진다는 걱정과 수아의 얼굴을 보지 못하게 된다는 걱정이 들기 시작하더니, 이내 눈빛이 흔들리기 시작했다. 결국 걱정하던 시간이 내게 들이닥치고 만 것이다. 가장 큰 걱정이었던 입대 문제였지만, 2년이라는 시간을 군대에서 보내야 한다는 사실은 솔직히 크게 두렵지 않았다. 다만 2년이라는 시간동안 수아와 떨어져야 한다는 사실이 좀처럼 견딜 수 없었고, 걱정이 되었다. 그 긴 시간을 수아 없이 버텨야 한다는, 혹여나 수아가 기다리지 못하고 떠나버릴지 모른다는 걱정이 천천히 내 숨통을 조여 오고 있었다. 금방이라도 주저앉을 것 같은 심장을 부여잡고 영장의 최상단부터 천천히 읽어 내리던 도중, '상근 예비역'이라는 문구가 눈에 들어왔다.

"상근 예비역이 뭐야?"

도무지 무슨 뜻인지 알 수 없던 나는 인터넷에 상근 예비역에 대해 검색하기 시작했다. 30여 분을 찾아보니, 부대로 출퇴근을 하는 군인이라고 한다. 나는 상근 예비역이라는 단어조차 몰랐고, 신청조차 한 적이 없는데 왜 출퇴근하는 상근 예비역 영장이 날아온 것일까? 인터넷에서 조금 더 검색을 해보니, 보통은 몸이 안 좋거나 자녀가 있을 경우 상근 예비역으로 지정이 되는데 본인이 거주하는 지역의 상근 예비역이 부족할 경우 운 좋게 선발될 수도 있다는 것이었다. 몸 불편한 곳도 없고, 집안이 어려운 것도 아니며, 부양할 자식도 없는 나는 그냥 운이 좋아서 선발된 것 같았다.

일단 출퇴근을 할 수 있다는 생각에 한시름 덜은 나는 입가에 미소를 지은 채 여기저기 전화를 걸어 자랑했다. 소식을 들은 친구들은 하나같이 나를 부러워했다. 친구들은 상근 예비역이 무엇인지 알고 있었다. 친구들이 내게 말하기를, "운으로 당첨되는 상근 예비역은 신의 아들."이라며 나에게 부러움을 감추지 못했다.

나는 신이 난 채로 수아 에게도 전화해 알려주려 했지만, 직접 만나서 알려주기로 생각하고는 핸드폰을 내려놓고 여행 준비를 마저 했다.

여러 벌의 옷과 로션 등 여행에 필요한 것을 캐리어에 모두 챙긴 뒤 아침 일찍 빌려놓은 K5 렌트카 트렁크에 실었다. 여행을 가는 날인만큼 낡은 싼타페 대신 비용을 더 들여서 렌트카를 빌린 것이다. 시동을 걸고 언제나와 같이 그녀가 있는 집으로 액셀을 힘껏

우리, 조금 늦게 만났더라면

밟아 출발했다.

그녀의 집 앞에 도착하니, 낡은 아파트 앞에 그녀가 일찌감치 나와 한 손에는 캐리어를 들고 기다리고 있었다. 추위에 떨고 있는 그녀를 보고 당장 운전대에서 내려 캐리어를 트렁크에 실어주었다. 나는 익숙한 짧은 입맞춤으로 그녀에게 인사를 건넸다. 그녀는 추운 날씨에도 예쁜 모습을 보여주고 싶었는지 붉은색의 얇은 코트를 입고 있었다.

보조석 문을 열어 그녀를 태워주고 우리는 중앙동으로 향했다.

우리는 얼마 지나지 않아 중앙동에 위치한 '하이비스 호텔'에 도착했다. 호텔 건물은 넓게 뻗은 왕복 8차선 대로를 앞에 둔 10층 높이의 건물이었다. 1층에는 로비와 커피숍, 2층부터 5층까지는 웨딩홀, 6층부터 9층까지는 호텔, 10층은 레스토랑을 함께 운영하는 곳이었다. 이제는 스무 살이 되어 자신 있게 신분증 검사를 하는 수아를 바라보며 흐뭇한 미소를 짓고는 카드키를 받았다. 우리는 엘리베이터를 타고 8층으로 향했다. 8층 로비의 바닥은 레드 카펫이 깔려 있었고, 벽면은 고풍스러운 나무로 장식되어 있었다. 고급스러운 듯 보였지만, 어찌 보면 값비싼 모텔보다는 조금 아쉬운 인테리어였다.

우리는 발걸음을 서둘러 802호 문 앞에 도착했다. 카드키를 대고 문을 열자 모텔에서는 느낄 수 없던 호텔만의 안락함이 느껴졌다. 그리 고급스러운 인테리어는 아니었지만 깔끔히 정돈된 가운, 끝없이 펼쳐진 대로가 훤히 보이는 창밖의 풍경, 기분 좋은 표백제 향기를 풍기는 새하얀 침구는 마치 먼 곳으로 여행 온 듯 우리의 기분을 설레게 만들었다.

　방 안쪽 구석에 캐리어를 놓고 그녀와 함께 침대에 누웠다. 앞으로 2박 3일간 그녀와 이곳에서 함께 지낼 생각에 괜스레 웃음이 나왔다.

　"수아야, 첫 신분증 검사한 느낌이 어때?"
　"뭔가 오빠랑 당당하게 신분증 검사하고 들어오니까 우리가 진짜 오래 만났구나 하는 생각이 들면서 짠해진다…. 우리 처음 만날 때는 세상 물정 모르는 고등학생이었잖아. 지금도 모르지만 말이야~!"

　그녀의 대답에 내 마음도 짠해지기 시작했다. 지금껏 그녀와 함께 얼마나 많은 추억을 만들고 또 얼마나 많은 시련과 고통을 함께 나눠왔을까. 이제는 서로의 표정만 보아도 속마음을 알 수 있는 사이가 되었으니 말이다. 그저 지난 시간을 함께 버텨내고 이겨낸 그녀에게 한없이 감사할 따름이다.

　"수아야. 우리 그동안 모텔에서 하룻밤 잘 때랑은 달리 2박 3일이라 시간 충분한데, 여유롭게 커피 한잔하면서 TV나 볼까?"
　"응! 완전 좋아!"

　그녀의 대답에 나는 당장 1층에 있는 카페로 향해 아메리카노 한잔, 카페모카 한 잔, 애플 시나몬 브레드를 포장해왔다. 예전의 그녀처럼 그녀는 아메리카노를 좋아했고, 예전의 나처럼 나는 프림이 들어간 달달한 커피를 좋아했다. 양손에 커피와 빵을 들고 방 안에 도착하니 그녀는 '그것이 알고 싶다' 다시 보기를 틀어놓고 일시 정지를 한 채 나를 기다리고 있었다. 나는 재빨리 그녀의 옆에 누워 장난스럽게 그녀를 끌어안고는 입을 맞추며 그녀의 옷을 벗기려 했으나 그녀가 내게 말했다.

"어허, 안 돼!"
"왜 안 돼!"
"오빠, 오늘 시간 많잖아. 일단 TV 보자!"
"너무해~!"

우리는 장난스러운 대화를 나누고는 TV를 재생시켰다.

'그날은 칠흑 같은 어둠이 내려앉던 밤이었습니다. 어둠과 함께 사라져 버린…'

언제나와 같이 '그것이 알고 싶다'는 배우 '김상중' 씨의 멘트로 시작이 되었다. 첫 멘트를 들으며 담배 한 개비를 물어 불을 붙이고는 TV에 집중하기 시작했다. 1층에서 사 온 커피를 한 모금 들이키며 애플 시나몬 브레드를 한 입 베어 물었다. 애플 시나몬 브레드는 처음으로 맛보는 빵이었는데, 보통의 시나몬 브레드에서 느낄 수 없었던 달달하고 아삭한 식감이 놀라울 정도로 맛있었다. 그녀도 그에 동감했다.

우리는 그렇게 하루를 보내고 있었고, '그것이 알고 싶다' 프로그램이 끝난 뒤에 그녀는 미국 드라마를 시청하고, 나는 컴퓨터 앞에 앉아 게임을 즐겼다.

그렇게 여행 첫날이 지나갔다.

2016년 1월 4일

셋째 날 아침. 우리는 일찍이 일어나 경포대에 가기 위해 샤워를
하고, 출발 전에 간단히 조식을 먹기 위해 10층에 위치한 레스토랑
으로 향했다. 레스토랑이라 하기에는 그다지 고급스럽지 않았지만,
간단히 먹기에는 나쁘지 않은 분위기였다. 이미 테이블이 가득 찰
정도로 호텔 투숙객이 몰려 있었는데, 대부분 해외에서 온 여행객
이었다. 우리는 토스트기에 구운 빵과 딸기잼, 버터, 우유를 챙기고
한 중국인 부부가 앉은 테이블 옆자리에 앉아 간단히 식사를 시작
했다.

"오빠, 경포대까지 얼마나 걸려?"

"한 시간 반에서 두 시간 반 정도 걸릴 걸?"

"헐, 대박. 그렇게 오래 안 걸리네? 우리 고기를 사갈까? 아니면
가서 살까?"

"음…. 이 앞에 마트 있으니까 여기서 사 가자!"

"웅! 빨리 가고 싶다. 사진으로 보니까 엄청 예쁘던데…"

"그치! 내가 작년에 친구들이랑 경포대 놀러 갔을 때 지나가면서
이 펜션을 봤거든! 그때 속으로 '나중에 꼭 수아 데리고 저기 가봐
야겠다.'라고 생각했어!"

소소한 이야기를 나누며 식사를 마친 우리는 서로의 손을 움켜

잡고 다시 호텔에 들러 짐을 챙긴 후 주차장으로 향했다. 다른 여행객들도 일찍 어디론가 떠나는 듯 엘리베이터 앞은 인파로 북적이고 있었다. 그렇게 5분 정도를 기다린 끝에 우리는 엘리베이터에 탑승했고, 주차장에 도착해 트렁크에 짐을 실었다. 2박 3일간 호텔에서 그녀와 함께 시간을 보낸 것은 꽤나 행복한 추억이 되었다. 그녀와 떨어져 있는 시간은 나에게 굉장히 불안한 시간이었기에, 쭉 함께한 2박 3일이라는 시간은 나에게 있어 휴식과도 같은 시간이었는지 모른다.

우리는 호텔 앞 대로를 타고 5분 정도 거리에 위치한 홈플러스로 향했다. 1층 식품매장에 들러 고기와 야채, 그리고 각종 간식거리를 구매했다. 그녀와 장보는 시간마저 내게는 설렘의 연속이었다. 그녀와 함께하는 어떤 장소든, 어떤 시간이든 나에게는 그녀가 내 옆에 없음으로 인해 불안에 몸부림쳐야만 했던 지난 시간을 모두 떨쳐주는 어떤 보상과 같은 것이었다.

"수아야, 벌써 11시다. 우리 빨리 출발해야겠다."
"엥? 벌써?"

휴대폰을 보니 시계는 어느새 11시를 가리키고 있었다. 우리는 서둘러 마트를 나와 박스에 포장한 짐을 싣고 고속도로로 향했다.

'한참 피어나던 장면에서 넌 떠나가려 하네. 벌써부터 정해져 있던 얘기인 듯
온통 푸른빛으로 그려지다 급히도 회색빛으로 지워졌지

어느새 너는 그렇게 멈추었나. 작은 시간에 세상을 많이도 적셨네. 시작하는 듯 끝이 나버린 소설 속에 너무도 많은 걸 적었네.'

스피커에서는 언제나 우리가 함께 듣던 '부활'이라는 그룹의 '소나기'가 흘러나오고 있었다.

한 친구는 우리에게 이런 말을 한 적이 있었다.

"젊은 커플이 무슨 우중충한 옛날 노래만 듣냐?"

하지만 그런 말을 들으면 어떤가. 우리가 듣는 그 시절의 노래는 분명 무언가 달랐다. 기계로 찍어내는 요즘 시대의 음악과 달리, 멜로디 한 음, 한 음을 기타로 치고, 연필로 악보에 적어내는 작곡가의 땀이 녹아 있고, 가사에는 인생이 담겨 있다. 우리는 그런 아날로그한 것들에 음악으로서의 가치를 느꼈을 뿐이고, 그런 노래를 들을 때면 입가엔 은은한 미소가 번졌다. 또 우울할 때는 가사 속에 흠뻑 빠져볼 수 있다는 것도 우리가 함께 듣는 그 시대 음악의 묘미였다.

차는 어느새 한 시간을 달려 경포대 도착까지 50㎞ 정도를 남기고 있었다. 그녀는 밤새 TV를 보느라 잠을 제대로 못 잤는지 옆자리에 앉아 졸고 있었다. 나는 그런 그녀를 위해 노래를 끄고 조용히 달리기 시작했다. 고속도로 옆으로는 푸른빛을 벗어 던지고 앙상한 나뭇가지만 추욱 늘어뜨리고 있는 나무들이 봄을 기다리고 있었다. 나뭇가지 위로는 하얀 눈이 참새처럼 앉아 있었고, 온 세상을 따사로이 비추던 태양마저 힘을 잃은 듯 겨울의 차디찬 기온을

데우지 못한 채 그저 바라보고 있을 뿐이었다.

쓸쓸히 나무 위에 자리하고 있는 눈을 보니 그녀를 곁에 둔 채 입대를 기다리는 처량한 내 신세와 다를 바 없어 보였다. 우리가 함께 보내온 시간이 있기에 잘 이겨나갈 수 있겠지 하는 생각이 들다가도, 무거운 마음은 쉽사리 가라앉지 못했다.

"오빠 미안…. 깜빡 잠들었네. 얼마나 걸려?"
"40분 정도 걸릴 것 같은데? 좀 더 자고 있어. 내가 깨워줄게."

10분쯤 지났을까. 움푹 팬 도로에 차가 흔들리는 바람에 그녀가 잠에서 깨어나 눈을 비비며 말했다. 그녀는 미안해서 어떻게 자냐며 밀려오는 졸음을 참아냈지만, 결국 얼마 지나지 않아 졸기 시작했다. 그런 그녀의 귀여운 모습을 잠시 바라보고는 머리를 쓰다듬어주었다.

30분쯤 지났을까. 우리는 어느새 강원도의 해변 도로를 달리고 있었다. 눈에 가득 담으려 해도 도무지 담기지 않는 광활한 바다는 지난 아픈 기억마저 모두 보듬어 줄 만큼 넓고 깊게 뻗어 있었다. 짙은 청색을 띠는 동해의 바다는 거친 파도로 일렁이고 있었고, 높게 뻗은 파란 하늘이 함께 장관을 이루고 있었다. 해변을 달리고 있는지도 모른 채 잠들어 있는 옆자리의 그녀는 보조석 창문에 비친 바다와 하늘을 배경으로 그를 품은 고결한 여신처럼 하나의 미술작품이 되어 있었다. 그런 그녀의 모습에 나는 또 한 번 감사함을 느끼며 속으로 생각했다.

'언제까지나 내 곁에 있어 줘. 늘 지금처럼만 그렇게 있어 준다면, 너에 대한 내 마음은 언제나 빛을 잃지 않을 거야. '내가 뭐라고.'라는 말을 언젠가 내게 되돌려준 적이 있었지. 사실 그 말에 상처를 받기도 했어. 너에게 내가 그렇듯, 나에게 너는 내 전부이니까.'

"수아야, 바다 좀 봐!"

나는 수아의 어깨를 툭툭 쳐 깨우며 말했다. 깜짝 놀라듯 잠에서 깨어난 그녀는 바다를 한참이나 바라보더니 어린아이처럼 해맑게 웃었다.

"우와~! 진짜 예쁘다~! 파도치는 것 봐! 꼭 오빠 뱃살 흔들리는 것 같아!"
"어어?! 비교를 해도! 혼날래!"
"헤헤헤. 왜~. 오빠 뱃살 완전 귀엽거든!"

익살스러운 그녀의 장난에 나는 웃으며 대답했다.

어느덧 해변 도로를 가로질러 우리는 예약한 'S202' 펜션 주차장에 도착했다. 주차장 옆으로 바다를 보고 서 있는 건물은 4층 높이로 이루어져 있었고, 바다를 바라보는 방면은 통유리로 되어있어 마치 조각상을 바라보는 듯 웅장하면서도 섬세한 아름다운 인테리어(익스테리어)를 자랑하고 있었다. 그녀는 건물을 바라보더니 내게 말했다.

우리, 조금 늦게 만났더라면

"오빠, 설마 여기야?"

"응, 왜? 마음에 안 들어?"

"아니! 여기 완전 대박이다…. 어떻게 건물이 이렇게 예뻐? 내가 이런 곳을 와보다니…."

"완전 예쁘지! 내가 여기 꼭 수아랑 와보고 싶었다니까!"

한껏 들뜬 수아와 함께 차에서 내려 트렁크의 짐을 뺀 뒤 1층 프런트에 들러 키를 받았다. 신식 구조를 이루고 있는 건물의 외벽과는 달리 카드키가 아닌 돌려서 여는 방식의 열쇠였다. 이러면 어떻고 저러면 어떤가. 오늘 그녀와 함께 머물 이곳은 새해의 시작을 그녀와 함께 보내기에 충분히 아름다운데 말이다.

우리가 예약한 호수는 401호였다. 엘리베이터를 타고 401호에 도착한 우리는 기대에 부푼 표정으로 서로를 잠시 쳐다본 뒤 문을 열었다. 두 개의 문을 열고 들어서자 지어진 지 얼마 되지 않은 듯 깔끔한 방의 인테리어가 우리의 감탄을 자아냈다.

바다를 바라보고 있는 스파 욕조가 가장 먼저 눈에 띠었다. 욕조에 누워 아름다운 바다를 바라볼 수 있도록 앞면과 윗면이 통유리로 되어 있었고, 욕조 옆으로는 고급스럽고 깔끔한 테이블과 의자가 놓여 있었다. 그곳과 이어져 있는 거실은 새하얀 대리석 바닥으로 그 위에 소파가 놓여 있었고, 그 옆으로는 복층으로 올라갈 수 있는 계단이 자리를 지키고 있었다. 계단 위 복층에는 단둘이 누울 수 있는 새하얀 커플 침대와 인테리어 포인트인 새빨간 베개가 놓여 있었고, 침대 중간쯤에는 금색 천과 목욕 가운이 놓여 있었다.

그녀와 함께 이곳저곳 여행을 다녔지만, 이렇게 마음에 쏙 드는 펜션은 처음이었다. 그녀도 그렇게 느꼈는지 내게 말했다.

"와… 오빠…. 진짜 여기 뭐야…? 왜 이렇게 좋아…? 사진으로 본
것보다 더 좋은데…?"
"그러니까…. 엄청 깔끔하다. 우리 따뜻한 물 받아놓고 스파하면
서 바다 보면 진짜 행복하겠다, 그치?"
"웅! 상상만 해도 완전 신나!"
"얼른 짐부터 풀자!"

우리는 얼른 짐을 풀고는 욕조 옆에 놓인 테이블에 앉아 여유롭
게 커피를 마셨다. 입대 영장에 대해 그녀에게 말할까 싶었지만, 한
껏 들떠있는 그녀의 모습에 지금은 타이밍이 아닌 것 같아 잠시 마
음속에 담아두기로 했다. 그렇게 들뜬 그녀의 모습을 바라보며 흐
뭇한 미소를 짓고 있다가도, 마음속 한 편에는 입대에 대한 걱정이
좀처럼 사그라지지 못한 채 자리하고 있었다.
여유로운 표정으로 그녀를 바라보며 머릿속에 자리한 걱정을 숨
기고 있는데 휴대폰의 알람 소리가 울렸다. 휴대폰의 알림창을 보
니 얼마 전 인터넷에 올렸던 '제 미래가 너무 겁이 납니다.'라는 게시
글에 답변이 달렸다고 한다.

"수아야, 나 화장실에서 담배 하나만 피우고 올게."
"웅? 여기서 피워도 되는 거 아니야? 뭐 숨기는 거 있구나?"
"아니거든! 곧 밥 먹을 건데 여기서 피우면 조금 그렇잖아! 손도
씻고 슬슬 밥할 준비도 할 겸 얼른 다녀올게."

"웅! 얼른 다녀와요~."

이런 게시글을 올렸다는 것을 수아에게 보이기 싫었던 나는, 짧은 핑계를 대고는 화장실로 들어가 문을 잠그고 손 씻는 척하기 위해 수돗물을 틀어둔 뒤 핸드폰을 켜 답변을 확인했다.
답변은 닉네임을 가린 비공개로 작성되어 있었다.

'비공개 답변'

'누구나 미래는 겁이 납니다. 불확실성 때문이지요! 내가 앞으로 어떻게 될까? 하는 걱정이 현재의 나의 발목을 잡기도 합니다.
어제는 어제입니다. 결코 오늘이 될 수 없지요!
언젠가 나도 내가 무엇을 할 수 있을까 하는 고민에 빠진 적이 있지요.
솔직히 답이 없었습니다. 있을 리가 있나요? 아는 것이 없는데….
미리 겁먹지 마세요! 다만 지금 할 수 있는 것에 최선을 다하세요!
아무리 소소한 것이라 해도 소중하게 생각하며 최선을 다하는 습관을 키우시고
본인이 얼마나 소중한 사람인지 깨달아야 합니다.
이 말은 언젠가 내가 질문자님과 같은 고민에 빠졌을 때 한 선배가 해준 말입니다.
거기에 답이 있습니다. 그래야 세상이 살만한 곳이란 것을 알게 됩니다.'

답변을 읽는 순간 머릿속은 아무것도 떠오르지 않을 만큼 새하얗게 물들었다.

'할 수 없다 하지 마시고, 내가 할 수 있는 것을 찾아 몸부림치세요!'라는 글은 나 자신을 창피하게 만들면서도 뼈저린 깨달음을 얻게 해주었다. 누군지도 모르지만, 비공개로 작성된 답변에 나는 큰 위로를 얻었다. 짧은 답변이었지만 일면식 없는 나를 위해 이렇게 정성스레 답변을 달아주었다는 사실에 감사했다.

생각해보면 모두 맞는 말이었다. 나는 항상 무언가를 시도하기도 전에 할 수 없다는 핑계를 대며 주저하고는 했으니 말이다. 대학 입시에 떨어지면서도, 그녀에게 생일 선물 사 줄 능력조차 없다는 사실을 알면서도 그 흔한 아르바이트조차 할 생각을 안 했으니 말이다.

"오빠, 언제 나와~?"
"응, 지금 나갈게!"

깊은 생각에 빠져 있던 나는 시간이 흐르는지도 모르고 있었다. 수아의 말에 덜컥 놀란 나는 얼른 손을 씻고 화장실 문을 열고 나왔다.

"오빠 수상한데?! 무슨 손을 그렇게 오래 씻는대?"
"뭐가 수상해, 바보야! 날씨가 추운지 한참 지나서야 따뜻한 물이 나오길래 기다리고 있었지! 이제 슬슬 고기나 구울까? 배고프지?"
"응! 완전 좋아요!"

당황한 나는 얼른 머릿속에서 떠오르는 대로 핑계를 대고 고기를 꺼내 밑간을 하고는 식사 준비를 시작했다. 방안에 고기 굽는 냄새가 퍼지기 시작하고, 어느덧 창밖의 태양은 수평선에 걸쳐 짙은 노을이 되어 있었으며, 바다는 금방이라도 노을을 집어삼킬 듯 입을 벌리고 있었다. 그녀는 숨 막힐 듯 아름다운 창밖의 풍경을 등지고 서서 나를 사랑스러운 눈빛으로 바라보고 있었다.

어느덧 식사 준비가 완료되고, 언제나 그랬듯 '그것이 알고 싶다' 다시 보기를 틀고 식사를 시작했다. 그녀는 나의 고기 굽는 솜씨가 최고라며 눈웃음을 쳤다. 식사가 마무리되어갈 즈음 나는 욕조에 따뜻한 물을 받기 시작했다.

얼마 지나지 않아 우리는 식사를 마쳤고, 욕조의 물은 어느새 가득 차 김이 모락모락 피어오르고 있었다. 나는 먼저 옷을 벗고, 천천히 그녀의 옷을 벗겨준 뒤 그녀의 손을 잡고 욕조에 몸을 뉘었다. 따사로이 감싸주는 물에 몸을 맡긴 채 창밖을 바라보았다. 창밖에는 어느새 컴컴한 어둠이 내려앉았고 여전히 거친 파도가 일렁이고 있었다.

"수아야."
"응?"

여유를 즐기며 따뜻한 물에 피로를 녹이던 중 그녀에게 말은 건 넸다. 아까 전 내 게시글에 달린 답변을 떠올리며 슬슬 진지한 이야기를 꺼낼 때가 왔다고 생각했기 때문이다.

"나 군대가."

"언제?"

군대 간다는 말에 그녀는 생각보다 침착하게 대답했다.

"9월 6일."

"뭐야, 아직 멀었네?"

"뭐가 멀어…. 나는 심장 쫄려 죽겠구만…."

"우리 오빠 군대 갈 때도 됐고. 다 컸네!"

"아무튼, 오늘은 좀 진지하게 이야기해야 할 게 있어서."

"뭔데요~?"

"수아야, 예전부터 느꼈을 수 있겠지만… 나는 너를 정말 세상 그 누구보다 사랑하는데, 이상하게 네가 없을 때면 미칠 듯이 불안해. 네가 내 옆에 없는 시간은 정말이지 마치 병에라도 걸린 것처럼 심장이 뛰고 진정이 되질 않아…."

"오빠도 알긴 아는구만? 좀 심하긴 해. 나 어디 안 가. 너무 걱정 안 해도 돼."

"나도 그런 내 모습이 오히려 서로의 숨통을 조여 가고 있다는 걸 알지만… 쉽게 고쳐지지 않아. 이런 이야기 꺼내고 싶지 않지만 2년 전 우리 초기에 중앙동에서 있었던…."

"그 이야기는 그만하자. 나도 그 일 떠올리는 거 힘들어."

"알았어. 뭐 그런 일도 있고, 사실 성원이라는 놈이랑 메시지 주고받는 거 본 후로도 그렇고…. 뭐랄까, 나도 왜 이러는지 모르겠어. 하나뿐인 내 여자친구를 믿어야 한다는 걸 머리로는 알면서도 몸이 따라주지를 못하는 것 같아."

"내가 뭐라고…"

"또 그 소리한다. 수아야, 너는 내 전부야. 솔직히 말해서 요즘 나는 자존감이 많이 떨어져 있어. 입시도 죄다 떨어졌지, 돈도 못 벌지, 수아가 대학 입학하고 적응할 때쯤이면 나는 군대에 가야 하는데, 그 시간 동안 네가 나를 떠날까 정말 많이 두려워. 거기는 공대라 남자도 많을 거 아니야."

"걱정 마, 오빠. 나 어디 안 갈 거야. 내가 오빠 버리고 가긴 어딜가. 걱정도 많다!"

"그래도 다행인 게 말이야! 나 상근 예비역이래!"

"웅? 상근 예비역이 뭐야?"

"나도 잘은 모르겠는데 훈련소에서 4주 동안 훈련받으면 부대로 출퇴근한대!"

나는 무거워지는 분위기를 풀어보고자 톤을 올려 대답했다.

"엥? 진짜로? 그러면 훈련소 갔다가 집으로 오는 거야?"

"웅! 다행이지! 나도 완전 놀랐다니까! 설마 4주도 못 기다려 주지는 않겠지! 바람피우면 진짜 혼난다!"

"웅! 진짜 다행이다. 나 완전 예쁘게 기다리고 있을게!"

"믿는다. 우리 수아! 이제 슬슬 자러 갈까?"

"웅!"

욕조 마개를 빼자 욕조의 물이 빠져나가기 시작했다. 나가려는 그녀의 팔을 붙잡고 물이 다 빠져나갈 때까지 누워 있었다. 몸을 감싸는 물이 서서히 빠져나가 줄어들면서, 피부에는 찬 공기가 닿기 시작했다. 그녀도 그런 느낌이 신기하다며 물이 완전히 빠져나갈 때까지 함께 옆에 누워 있었다. 마치 따뜻한 물에 피로와 걱정을 모두 녹여냈다면, 물이 빠져나가며 찬 공기가 닿으면서 피로와 걱정을 모두 날려 보내는 듯 개운한 느낌이었다.

그녀와 나눈 오늘 밤의 이야기가 앞으로 우리 사이에 더욱 무한한 발전을 가져다주기를 기대하며, 그렇게 그날의 밤은 깊어갔다.

새벽 6시. 해돋이를 보기 위해 맞춰놓은 알람이 울렸다. 나는 그녀를 깨우고 침대에 누워 창밖을 바라보았다. 어젯밤 조금 무겁게 나눈 이야기는 어느새 밤새 하늘을 장식하던 별빛이 안고 떠나갔는지, 앞으로 행복만이 가득할 것이란 희망을 품은 태양이 수평선 위로 다시금 떠오르고 있었다. 그날 우리가 바라본 온 세상을 붉게 물들이며 떠오르는 태양은 한없이, 그저 한없이 아름다울 뿐이었다.

우리, 조금 늦게 만났더라면

#14.

밤이라는 문제는 오롯이 남아 있다
밤을 어떻게 가로질러야 할 것인가?

- 앙리 미쇼, 시인

2016년 3월 2일

찬바람이 떠나지 못하고 대지를 맴도는 3월의 아침. 새 학기의 시작을 알리는 거리의 학생들은 저마다 교복을 입고 학교를 향해 걷고 있었다. 긴 방학을 끝으로 시작된 등굣길이 달갑지만은 않아 보였다.

수아 또한 대학생으로서 첫 등교를 하는 날이다. 그녀는 결국 천안에 위치한 공주대학교에 입학했고, 자취를 고려하던 그녀는 나의 결사적인 반대 끝에 안산에서 천안으로 통학을 하기로 결정했다. 2월에 있었던 정시에서마저 떨어진 나는, 올해도 대학생이 되지 못한 채 군 입대만을 기다리고 있었다. 달라진 게 있다면, 2주 전부터 안산시 선부동에 위치한 성인 게임장에서 아르바이트를 시작했다는 것이다. 누군가 내 질문에 남긴 답변을 보고 손에 잡히는 무엇이라도 해보자, 일단 돈이라도 벌어보자 하는 마음에 시작한 아르바이트였다.

올해의 최저 시급은 6,030원이었다. 누군가에겐 낯설 법한 성인 게임장, 쉽게 말하면 불법 도박장에서 일하게 된 계기는 바로 돈이었다. 오전 8시 50분에 출근해 오후 5시에 퇴근하면 일당으로 7만원, 매일 받는 팁을 포함하면 하루 10만 원에서 12만 원 정도를 벌어왔다. 시급으로 따지면 대략 14,000원. 최저임금의 두 배가 넘는 금액이었다. 이 일을 시작하면서 가장 좋았던 점은, 돈 걱정 없이 그녀와 행복한 식사를 할 수 있다는 것이었다.

77번 버스에서 내린 나는 정류장 앞에 위치한 편의점에 들러 박카스 두 병을 구입했다. 오랜만에 일을 시작하다 보니 날마다 늘어가는 피로에 좀처럼 적응되지 않았다. 눈이 반쯤 풀린 채로 두 병을 들이키고는, 담배 한 개비를 물고 입김과 함께 담배 연기를 자욱이 내뿜으며 수아에게 메시지를 보냈다.

'수아야, 첫 등교 날인데 어때?'
'묻지도 마. 집 가고 싶어…. 완전 어색해. 나 왕따 되는 거 아니야?'
'괜찮아. 우리 수아는 잘할 거야! 딴 놈들한테 눈만 돌리지 마! 내가 이따가 맛있는 거 사 먹으라고 용돈 보내줄게!'
'됐거든!'
'아무튼 나 이제 가게 들어가야 해서 이따가 또 담배 피러 나올 때 연락할게요!'

짧은 메시지를 나눈 나는 담배꽁초를 길가에 던져버리고 가게 문을 열고 안으로 들어섰다.

우리, 조금 늦게 만났더라면

"안녕하세요."

"어, 승현이 왔어? 세팅하자."

인사를 받아준 사람은 카운터를 맡고 있는 광희 형이었다. 160㎝ 정도의 키에 툭 튀어나온 뱃살은 그의 인상을 더욱 푸근해 보이게 만들었다. 항상 모자를 눌러쓰고 있는 광희 형은 30대 후반의 중년 남성이었지만, 나이 차이를 실감하기 어려울 정도로 친형처럼 살갑게 대해주었다.

온통 검은 벽면, 갈색의 대리석 바닥, 침침한 형광등 조명 아래로 놓인 50대의 기계는 10년 전 유행했다던, 그래서 영화에까지 나온 바다이야기와 얼추 비슷해 보였다. 가게 안에는 담배 쩐 내가 코를 찔렀고, 기계마다 남아있는 발로 찬 듯한 발자국은 돈이 오고 가는 도박장의 분위기가 얼마나 살벌한지 출근과 동시에 느끼게 해주었다. 20여 개의 의자를 기계 앞에 배치한 후 충전 중인 딱따구리를 기계 버튼 위에 가져다 놓았다. 딱따구리라는 것은 기계의 버튼을 자동으로 눌러주는 직사각형 모양의 작은 기계인데, 버튼 위에 올려놓고 스위치만 ON으로 돌려주면 알아서 버튼을 눌러주고 돈만 넣으면 스스로 룰렛이 돌아가도록 해주는 장치였다.

"나 일 좀 하다 올 테니까 내 기계 좀 봐줘."

첫 스타트를 끊은 손님은 바로 옆에서 세탁소를 운영하고 있는

60대의 '김성진' 씨였다. 그는 항상 오픈 시간이면 가게로 들어와서는 현금다발을 맡기며 본인의 기계를 돌려 달라고 말하고는 점심시간쯤이나 되어서야 가게로 돌아왔다.

어느덧 가게 안은 손님들로 붐비기 시작했고, 여기저기서 씻지 않은 듯한 퀴퀴한 냄새가 코를 찌르기 시작했다. 곳곳에서 욕설이 난무하고 기계를 발로 걷어차는 소리가 들려왔다. 육체적으로도 정신적으로도 굉장히 고된 일이었지만, 다른 아르바이트 대비 두 배가 넘는 일당을 생각하며 하루하루를 버텨내고 있었다. 이곳에서 내 멘탈이 썩어 문드러지고 있음을 느끼다가도, 현금으로 지갑을 채워 그녀와 행복한 시간을 보낼 생각을 하면 그렇게 또 하루가 흘러갔다.

오후 5시가 되자 야간 근무자가 가게로 들어섰다. 야간 카운터를 맡고 있는 사장님의 아들 규현이 형이었다. 그의 직책은 야간 실장이었다. 형은 나보다 4살 많은 25살이었고, 175㎝의 다부진 체격에 꽤나 무서운 인상을 가지고 있었다. 나는 카운터에서 수백만 원의 현금다발을 세며 정산을 하는 규현이 형을 몰래 바라보며 생각했다.

'좋겠다…. 나도 가게를 운영하는 사장님 아들이었다면…. 나랑 나이 차도 얼마 나지 않는데 실장이라니.'

험상궂은 그의 인상 때문인지 눈도 제대로 마주치지 못하고 있던 나에게 일당 7만 원을 건네준 것은 규현이 형이었다.

"고생했다. 내일 보자."

"네! 내일 뵙겠습니다!"

카리스마를 겸비한 그의 말투에 나는 깍듯이 인사를 하고는 가게 문을 힘껏 열고 나와 골목길을 따라 은행으로 향했다. ATM 기기 앞에 선 나는 수아에게 5만 원을 입금해 주었다. 얼마 전까지만 해도 밥 한 끼 사줄 돈조차 없는 나였는데, 이제는 이렇게 대학생인 그녀를 위해 내 한 몸 희생하여 용돈을 줄 수 있다는 사실에 행복에 겨운 미소를 띠었다. 나는 이따금 은행에서 나와 하루 종일 도박장에서 썩어간 정신을 담배 한 개비로 태워내며 그녀에게 메시지를 남겼다.

'수아야~ 용돈 보냈다. 이따 친구들이랑 치킨 사 먹어.'

'아이, 진짜. 보내지 말라니까…! 힘들게 고생해서 번 걸 왜 나한테 보내.'

'괜찮아~. 나는 수아가 맛있는 거 먹는 상상만 해도 행복하니까, 허튼 데 쓸 생각 하지 말고 친구들이랑 치킨 사 먹어! 얼른 친구도 사귀어야지.'

'고마워, 오빠….'

'오늘 안산 올 거야?'

'음…. 글쎄. 잘 모르겠어…. 신입생 환영회가 있어서.'

'뭐야, 그럼 술도 마시는 거야?'

'모르겠어. 안 마시려고 해도 먹이지 않을까?'

'알겠어. 되도록 안 마셨으면 좋겠는데 어쩔 수 없으면 뭐…. 대신

알아서 잘 조절하고 되도록 안산으로 올라왔으면 좋겠어. 어려운 거 아니잖아? 걱정시키지 말고.'

'웅! 오빠! 나만 믿어!'

짧은 연락을 마친 나는 피곤한 몸을 이끌고 얼른 집으로 향했다. 출근길 도로가 얼어서 버스를 타고 온 나는 버스정류장에서 몸을 떨며 기다리다 타고 왔던 77번 버스를 타고 집으로 돌아갔다. 어째서인지 그녀에게서는 그 이후로 연락이 오지 않았다. 선배들과 뒤섞여 휴대폰 만지기에는 눈치 보이겠거니 하며 밀려오는 불안감을 스스로 억제하려고 노력하면서 침대에 누웠다. 그녀와 연락이 닿지 않는 시간은 1분 1초가 고통스러웠다. 당장이라도 전화를 걸어 그녀의 목소리를 확인하고 싶었다. 하지만 첫날인 만큼 그녀가 많은 친구를 사귈 수 있는 기회를 줄 수 있도록 나도 함께 노력할 뿐이었다. 그녀 또한 머릿속으론 불안에 떨고 있는 나를 걱정하고 있을 테니 말이다.

연락이 닿지 않는 그녀를 뒤로한 채 억지로나마 잠에 들어보려 침대에 누워 눈을 감고 있었지만, 떨리는 심장은 줄곧 나를 괴롭히고 있었다.

어느덧 시간이 흘러 시곗바늘은 늦은 밤 11시를 가리키고 있는데, 어찌하여 그녀는 5시간이 넘는 시간 동안 연락 한 통이 없는 것일까? 술자리에 있다 해도, 잠시 담배 피러 나가면서 불안에 떨고 있는 나를 위해 연락 한 통 남겨 주는 게 어려운 것일까? 혹시 환영회 자리에서 다른 남자와 눈이 맞은 것은 아닐까?

이런 생각들이 조금씩 내 발끝을 나락으로 몰아가고 있었다.

'전화를 받지 않아….'

좀처럼 진정되지 않는 마음을 움켜잡고 그녀에게 전화를 걸어 보았지만, 끝내 그녀는 전화를 받지 않았다. 터질 것 같던 심장이 이내 요동치기 시작했고, 수만 가지 생각이 내 머릿속에서 떠나질 않고 맴돌며 나를 갉아먹고 있었다.

얼굴도 모르는 그녀의 남자 선배들, 동기인 남자들이 혹여나 흑심을 품고 그녀에게 다가간 것은 아닐까?

나는 도저히 떨리는 마음을 감출 수 없었다. 내일 아침도 출근해야 하기에 지금 당장 내가 천안까지 달려갈 수도 없는 노릇이다. 아니, 어쩌면 당장이라도 달려갈지도 모른다. 온몸의 털이 쭈뼛쭈뼛 서는 듯한 복합적인 고통에 금방이라도 현관문을 박차고 나갈 것만 같았다.

수차례 이어진 통화 시도에도 그녀는 끝내 전화를 받지 않았다. 물론 메시지조차 남기지 않았다. 자아를 상실한 채 내가 지금 어떤 행동을 하고 있는지 인지조차 할 수 없는 지경에 이른 나는 그녀에게 수십 통의 부재중 전화를 남기고 있었다. 내가 지금 하고 있는 행동이 정상적인 사랑의 범주를 벗어난다 해도 좋다. 상식적인 행동을 벗어나, 마약 중독자의 금단 증상과 같은 행동을 하고 있다 해도 좋다. 나는 모든 이성적인 판단을 뒤로한 채 파도에 휩쓸려 내동댕이쳐진 감정을 간신히 붙잡으며 그녀의 목소리를 기다릴 뿐이다.

극심한 고통에 주먹으로 가슴을 쳐내며 답답한 마음을 어떻게든 진정시켜 보려던 나는 어느새 극심한 상실감을 느끼고 모든 것을 내려놓기라도 한 것처럼 사지가 무감각해지는 것을 느끼기 시작했다. 그렇게 침대에 누워 초점을 잃은 채 천장을 바라보고 있자니 시곗바늘은 어느새 새벽 1시를 가리키고 있었다. 그때 휴대폰의 벨 소리가 울리기 시작했다. 나는 정신이 번쩍 들며 벨 소리가 1초도 채 울리기 전에 전화를 받았다.

"박수아…."
"여보세요? 오빠?"
"너 도대체 뭐하는 거야?"
"미안…. 정신이 없어서 내가 휴대폰을 못 봤…."
"네가 연락이 안 되는 시간 동안 내가 얼마나 가슴 졸였는지 알아?"

그녀의 말을 끊은 나는 대뜸 버럭 화를 내기 시작했다.

"아냐고! 나도 내일 아침에 출근해야 하는데 아직까지 잠도 못 자고 네 연락 기다리고 있는 거 보면 모르겠어? 너는 도대체 뭐가 정신이 없었다는 거야? 중간에 화장실 가거나 담배 피러 나갈 때 전화? 아니, 그것까진 바라지도 않아. 메시지 한 통 남기는 것조차 힘들 정도로 정신이 없었다는 거야? 말이 된다고 생각해? 내가 걱정하리라는 생각은 해보긴 했어?"
"미안해. 오빠 나 시간이 너무 늦어서 친구 집에서 자야 할 것 같

우리, 조금 늦게 만났더라면

아."

"뭐? 넌 지금 나한테 할 말이 그 말밖에 없어? 다섯 시간을 넘게 불안에 떨고 널 걱정한 나는 지금 안중에도 없는 거야? 그리고 안산에 되도록 올라오겠다며."

"미안해… 어쩌다 보니…. 첫날이기도 하고 진짜 너무 정신이 없더라…."

"알았어. 다른 곳으로 새지 말고 곧장 친구 집 가서 다시 전화해. 내가 안심할 수 있게 목소리는 들려주고 자."

"응, 오빠. 금방 전화할게."

결국 그녀는 30분이 지나서야 내게 전화를 걸어 목소리를 들려주었고, 새롭게 사귀게 된 여자인 친구의 집에 있다는 것을 확인한 나는 온몸에 긴장이 풀리며 기절하듯 잠에 빠져들었다.

#15.

당신을 향한 나의 사랑은 언제나 여름이었다
허나 당신은, 겨울을 좋아했다

- 임승현, 작가

2016년 3월 19일 토요일
경기도 안산시 중앙동에 위치한 카페

성인 게임장에서 육신과 정신을 모두 팔아버린 후, 퇴근을 한 나는 현금 몇 장을 챙겨 중앙동의 카페를 찾았다. 오늘은 그녀를 만나기로 한 날이기 때문이다. 그녀가 대학에 입학한 후로 처음 만나는 날이다. 그녀가 대학을 다니기 시작하고 우리 사이에는 많은 변화가 일어났다. 그녀는 더 이상 예전의 수아가 아니었다. 입학과 동시에 다른 사람이라도 된 듯이 꾸준히 해오던 연락은 한 시간에 한 통 꼴로 줄어들었음은 물론, 그녀의 말투에서 느껴지는 알 수 없는 차가움과 냉정함은 나를 당혹스럽게 만들었다. 그녀는 늘 바빠서 연락을 제때 하지 못하는 것이라며 변명을 했지만, 나는 누구보다 그녀를 잘 알고 있었다.

그녀가 변했다는 것은 부정할 수 없는 현실이었다.

그런 그녀가 당장이라도 나를 떠나갈 듯 위태로워 보였지만, 위태로이 매달려 있는 사람은 항상 나였다. 연락이 두절될 때면 언제나 그녀에게 부재중 전화를 남겼고, 그녀는 전화를 피했다. 확실한 이유를 알 수 없었기에 나의 감정은 더욱 빨리 소모되어 갔고, 성인게임장의 일이 주는 스트레스와 겹쳐 정신적, 육체적 스트레스는 날이 갈수록 쌓여만 갔다.

오늘은 그녀의 집까지 데리러 가지 않았다. 입학 후 마치 다른 사람처럼 변해버린 그녀의 모습에 마음이 상했기 때문이다. 평소 같았으면 무조건 데리러 가겠다며 집에서 기다리라고 했겠지만, 오늘은 그러고 싶지 않았다. 항상 그녀를 위해 한발 물러서서 이해하려는 나조차 결국 감정을 가진 사람이었기 때문이다.

한 여자가 카페의 문을 열고 들어왔다. 수아였다. 나는 그녀의 얼굴을 확인하고는 손을 들어 내 위치를 알렸다. 그녀는 나를 보고는 표정 하나 변하지 않은 채 앞자리에 앉았다.

"수아 왔어?"
"응."

오랜만에 서로를 맞이한 그녀와 나는 평소와는 다르게 인사를 나누었다. 예전 같았으면 들뜬 표정으로 장난스레 인사를 건넸겠지만, 오늘 우리 사이에는 뭔지 모를 어색함과 찬 기류가 함께하고 있었다. 나의 차가운 말투에 그녀 또한 차가운 말투로 대답할 뿐이었다.

"얼굴 보기가 힘드네. 요즘."

"바빠서 그렇지 뭐."

"얼마나 바쁘길래?"

"과제가 아주 덩어리야, 덩어리…. 힘들어 죽겠어."

그녀의 얼굴엔 지친 기색이 역력했다. 항상 봐오던 그녀의 모습과는 사뭇 달랐다. 항상 밝고 어린아이 같던 그녀의 모습은 온데간데 없고, 희미하게 내려앉은 다크서클과 창백한 입술이 그녀를 대변하고 있었다.

"근데 수아 너 말투가 왜 이렇게 딱딱해?"

"오빠도 딱딱하게 말하고 있으면서."

"아니, 나는 그냥… 수아가 요즘 좀 이상해서…."

"뭐가 이상해. 진짜 바빠서 그런 거라니까."

"그래도 오랜만에 만나니까 좋다. 안 그래, 수아야?"

"좋지 당연히~. 근데 오빠."

"응?"

"나 전화 안 받을 때 있잖아…. 안 받으면 그냥 안 걸면 안 돼?"

"왜?"

"선배랑 있을 때도 있고, 동기들이랑 있을 때도 있는데… 받기 좀 뭐해서 안 받는 건데 자꾸 오면 뭔가 의심받는 느낌도 들고… 기분이 썩 좋지는 않아."

"수아야, 내가 1분마다 메시지를 남겨라 이게 아니야. 적어도 10분~30분에 한 번씩이라도 남겨줬으면 하는 거야. 분명 누구랑 있더라도 하루 종일 떠들지는 않을 거고, 술자리에 있다 해도 하루 종일 술만 마시진 않을 거잖아? 중간중간에는 분명 비는 시간이 있을 거고, 담배 피는 시간도 있을 거고, 화장실도 다녀올 거고, 맞지?"

"맞지."

"그러면 그럴 때라도 연락을 남겨주면 내가 속으로 수아 잘 놀고 있구나, 걱정 안 해도 되겠구나 하고 안심하지 않겠어? 근데 대학교 들어가자마자 이렇게 다른 사람처럼 변해버리면 어떡해. 애는 타지에 있지. 얼굴 보기도 힘들지. 이젠 전화 한 통 하기도 힘들지. 내가 걱정이 되겠어? 안 되겠어?"

"모르겠어."

"뭘 몰라. 당연히 걱정이 되겠지. 우리가 하루 이틀 만난 사이야? 우리가 가볍게 만나는 사이었다면 네가 밤늦게 술을 마시든 다른 남자랑 어울려 놀든 아무 걱정 안 해. 근데 우리 지금 며칠 만났어? 1,000일도 넘었지? 두 달 뒤면 우리 몇 주년이야?"

"3주년."

"그렇지? 나도 수아 입장을 최대한 존중하고 이해하려 노력하고는 있지만, 3월 이후로 수아는 정말 다른 사람이라도 된 것처럼 낯설어. 그러니 걱정은 점점 커져만 가는 거고. 서로 결혼에 대해 진지하게 이야기도 나눠봤고, 서로의 부모님도 많이 뵈며 인사드렸고, 내 눈엔 너무 아름다운 여자에 성격까지 잘 맞아. 그런 너를 내 부주의로 놓치고 싶겠어?"

"내가 이전에 말했던 게 바로 이런 거야…"

"뭐가?"

"내가 전에 오빠가 결혼 상대로서는 정말 완벽하다고 생각하는데, 지금 남자친구로서 만나기에는 잘 모르겠다고 했잖아."

"그래서?"

"오빠는 너무 나밖에 모르고 착하기만 해. 뭐라고 할까. 내가 굳이 노력하지 않아도 어차피 내 곁에 남을 사람? 그래서인지 솔직히 흔들리긴 해."

그녀의 말에 나는 적지 않은 충격을 받았다. 그녀의 모습이 변했다고 느낀 것은 착각이 아닌 사실이었다. 큰 충격에 화도 났지만, 오히려 마음이 더 무겁게 가라앉는 듯했다. 무엇인지 알 수 없는 감정이었지만, 지난 시간 동안 쌓여온 그녀를 둘러싼 여러 사건, 그리고 지난 한 달 간 나를 암흑 속에 빠뜨리고는 시험하듯 최소한의 연락만 건네주던 그녀에게 나도 지칠 만큼 지쳐 있었기 때문인 듯하다. 마음속 한편에는 이제 힘든 사랑을 놓아주고 싶다는 마음이 아주 조그맣게 피어나고 있는 듯했다. 서로를 놓아줌으로써 더욱 높이 날아갈 수 있다면, 어쩌면 사랑이라는 이름으로 내 정신을 온통 갉아먹고 피폐하게 만들어놓는 이 만남을 서로를 위해 마무리 지어야 할지도 모른다는 생각이 조금씩 피어나고 있었다.

그렇게 내 마음속 피어나던 꽃은 이름조차 알 수 없는 온통 검은 빛의 꽃이었는데, 아무래도 깊이 내려버린 뿌리는 내 정신을 갉아먹으며 온통 곪아 터지게 만들어가고 있었는지도 모른다.

그렇다. 지금 그녀와 내가 행하고 있는 것은 '사랑'이 아닌, '정신병'이다.

'수아야'

'응?'

'우리 이제 그만 만나자. 나도 더 이상은 못 버티겠어. 이러다간 내가 정신병원에 실려 갈 것 같아. 너를 너무 사랑하는데, 더는 힘들어. 지난 사건들이 나를 너무 힘들게 해.'

그녀에게 헤어지자는 말을 하는 장면을 머릿속으로 잠시 상상해 보았다. 머릿속으로 당장 헤어지자는 말을 하라며 스스로에게 명령을 내리면서도, 나는 그 말을 쉽사리 그녀에게 꺼내지 못했다. 자신이 없었기 때문이다. 언제나 그게 문제였고, 지금 돌아보면 서로의 모든 실수를 까맣게 잊고 새로운 사랑을 시작해 온 것이 아니라 지독한 사랑을 버텨내 왔던 것인지도 모른다.

그래, 그녀만 변한 것은 아닐지 모른다. 어쩌면 그런 트라우마를 잊지 못한 내 바보 같은 머리는 아주 천천히 내 사랑을 변질시키고 있었고, 사랑은 곧 병이 되어 나로부터 그녀의 마음이 떠나도록 만들었는지 모른다.

어쩌면 우리는 결혼을 할 사이가 애초부터 아니었을지 모른다. 그동안 지독히도 내 머릿속과 감정을 넘나들며 모든 것을 뒤흔들어 놓은 3년 전 중앙동에서의 그 사건이 일어났을 때, 나는 너를 보내야 했을지도 모른다. 하지만 이제와 그녀를 놓아버리기에는 너무 많은 시간이 흘러버렸다. 그저 약 없이 버티기는 힘들 정도의 고통을 감내해가며 어딘가에 조금이나마 남아있을 그녀의 사랑을 찾아 한 없이 몸부림칠 뿐이다.

"수아야, 흔들려도 우리 조금만 버텨내자. 우리 지금 서로 힘든 시기일 수 있어. 나는 곧 입대를 바라보고 있고, 수아도 새로운 환경에 적응하느라 예민할지 몰라. 우리 정말 많은 시련을 함께 버텨왔잖아. 잠시 찾아온 권태기라 생각하고, 서로의 입장에서 조금만 더 이해하려 노력해보자."

결국 나는 오늘도 그녀를 밀어내지 못한 채 언제나처럼 인내하고 감당해낼 뿐이었다.

서로의 얼굴엔 이미 지친 기색이 역력했고, 그것을 서로 알고 있었다. 다만, 누가 먼저 이 사이를 갈라놓느냐의 싸움이 지속될 뿐.

자신 있는 자는 떠날 것이고, 자신 없는 자는 남을 것이다.

#16.
실연당한 사람의 뇌는
마치 그에게 사랑을 고백하지 못해 안달이 난
첫 만남의 뇌 상태'를 경험한다

- 헬렌 피셔, 인류학자

2016년 3월 25일

16년의 해도 작년과 다를 것 없이 매일 아침 떠오르고, 저녁에 자취를 감추었다. 나는 오늘도 아침 일찍 꽃샘추위를 뚫고 출근길에 나섰다. 창문을 뚫고 들어오는 찬바람을 맞으며 담배 한 개비를 태우니 조금은 잠이 깨는 듯했으나 피로는 쉽사리 풀리지 않았다. 어제도 그녀의 연락을 기다리다 지쳐 잠들었기 때문이다.

바쁘다는 그녀를 아무리 이해하려 해도 좀처럼 이해하기 어려웠다. 나도 똑같이 일을 하면서도 눈치 보며 그녀에게 연락을 남기는데, 그녀는 그러질 않으니 말이다. 정확히 말하자면, 원래는 무엇보다 나를 우선으로 여기며 연락을 중요시하던 아이가 이제는 다른 사람이 되어있으니 더 신경이 쓰이는 것이다. 하루에도 수십 번 그녀와의 이별을 속으로 되뇌다가도 결국 아픈 사랑을 지속할 수밖에 없었다.

담배를 태우며 습관처럼 차를 달리다 보니 어느덧 성인 게임장 앞에 도착했다. 게임장 앞에 주차를 한 나는 하루의 시작을 알리는 어떤 의식이 되어버린 것처럼 편의점에 들러 박카스 2병을 구매했다. 아침 일찍 일어나 일을 하고, 퇴근 후에는 온통 그녀에 대한 걱정에 잠 못 이루다 지쳐 잠드는 게 일상이 되어버린 나는 박카스 2병을 마시지 않고는 아침에 정신을 차릴 수가 없었다. 그렇게나마 버텨가며 일을 해오고 있었다.

나는 박카스 2병을 시원하게 들이붓듯 마시고 담배를 태우며 그녀와의 메시지 창을 확인했다. 그녀는 어제도 밤늦게까지 술을 마시다 동기가 지내고 있는 천안의 자취방에서 자겠다는 메시지를 새벽 3시가 넘어서야 남겨 놓고는 잠에 들었는지 아침 일찍 강의실에 도착했다는 말만 남긴 채 연락이 없었다. 그녀의 애교와 각종 이모티콘이 즐비하던 메시지 창은 온데간데없고 살얼음판이 되어버린 메시지 창을 보니 절로 한숨이 새어 나왔다. 나는 신경질적으로 담배꽁초를 벽면에 튕겨 던져버리고는 성인 게임장의 문을 열고 들어갔다.

"안녕하세요."
"어 그래, 승현이 왔어?"

역시나 나를 맞아주는 건 광회 형이었다. 언제나 똑같은 인사로 나를 맞이해주는 광회 형은 참으로 인간미 넘치는 사람이었다. 손님의 기계에서 잭팟이 터지면 광회 형은 언제나 먼저 달려가 능구렁이 같은 말재주로 팁을 얻어와 우리에게 나눠주곤 했다. 오늘도 이렇게 아무 생각조차 하지 못하고 하루가 지나가길 마음속으로 바라며 일을 시작했다.

오늘따라 손님이 많아 밥도 제대로 먹지 못한 채 일을 이어나가고 있었다. 그렇게 또 무의미한 시간은 지나가고 있었고, 어느새 퇴근 시간이 다가오자 사장님의 아들인 규현이 형이 가게 문을 열고 들어왔다. 나는 곧장 문 앞으로 달려가 규현이 형에게 인사를 드렸다.

"안녕하세요!"
"어, 안녕. 별일 없었어?"
"네!"
"승현아, 돈 줄 테니까 옆 건물 빵 가게 가서 손님들 드릴 빵 3만 원어치만 사 와라."
"네, 알겠습니다!"

3만 원을 받아든 나는 옆 건물 빵 가게에 들어 주문한 빵을 사 들고 나왔다. 퇴근까지 5분이 남아 있었다. 오늘은 정신적으로 스트레스가 너무 많이 쌓였기에 더 이상 일하고 싶지 않았던 나는 길바닥에 앉아 담배를 물고 수아에게 전화를 걸었지만 끝없는 컬러링만 반복될 뿐이었다.

"씨발. 진짜 미치겠네…."

성인 게임장의 손님 중 70프로는 아르바이트생에게 욕을 하는 진상 손님이다. 그런 손님들을 상대하다 보니 내 정신 상태는 극도로 예민해져 있는 상황이었고, 거기에 더해 그녀까지 전화를 받지 않으니 마치 주전자에 기름을 가득 채운 뒤 끓이듯 언제 터질지 모르는 상황이었다. 나는 휴대폰으로 퇴근 시간이 된 것을 확인하고는 담배꽁초를 거칠게 집어던지고 가게로 들어섰다.

"승현이 왔어? 미안한데 손님들한테 빵 좀 돌리고 퇴근하면 안 될까?"

"네, 알겠습니다."

적어도 공과 사는 구분하는 나였기에, 극도로 예민해져 있는 상황이더라도 규석이 형이 시킨 일에 아무런 불만 없이 대답했다. 커다란 쟁반에 빵을 올려놓고는 손님들께 가져다주려고 하자 손님들은 자리에서 벌떡 일어나 달려들었다. 밥 사 먹을 돈마저 기계에 모두 쑤셔 넣는 사람들이었기에, 가게에서 간단히 준비해주는 간식이라면 매일 목숨을 걸고 달려드는 사람들이었다. 빵을 한 개씩 나눠 줄 틈도 없이 몇몇 손님들은 빵을 두세 개씩 집어 들고는 본인의 자리로 떠났다. 두세 개씩 가져간 탓인지 빵이 모자라 못 받은 손님들도 몇몇 눈에 보였다.

"어이, 나는 왜 빵 안 줘?"

다부진 체격에 키가 190㎝는 족히 넘어 보이는 40대 중반의 아저씨가 굵은 목소리로 말했다. '어이'라는 말에 살짝 기분이 상한 나는 차가운 말투로 대답했다.

"다른 손님들이 여러 개 가져가서 빵이 없어요."
"그럼 네가 더 사와야 될 것 아냐."
"저 이제 퇴근해야 해서요."
"이 새끼는 애미, 애비도 없나."
퍽---!

"야 이 씨발 새끼야. 밖으로 나와. 넌 내가 오늘 씨발 칼로 쑤셔 죽여 버릴 테니까. 어디 좆만 한 새끼가 부모님을 들먹여?"

그 손님은 애미 애비도 없냐는 말을 뱉으며 순간적으로 내 얼굴을 주먹으로 때렸고, 지난 한 달간 쌓여버린 수아로 인한 속앓이와 가게에서 축적된 스트레스들이 순간적으로 폭발한 나는 손님에게 쌍욕을 퍼부으며 언성을 높였다. 내가 폭발하자 광희 형과 규현이 형이 얼른 달려와 나와 손님을 붙잡고 말리기 시작했다. 나는 그렇게 붙들려 있는 상황에서도 끝까지 눈을 부릅뜨고 금방이라도 죽일 듯한 기세로 욕을 퍼부었다. 주변의 손님들은 모두 놀란 듯 나를 쳐다보고 있었고, 쉽사리 흥분이 가라앉지 못한 나는 그렇게 한참을 씩씩거리다 규현이 형과 함께 가게 밖으로 나왔다. 내 손은 부르르 떨리고 있었고, 거칠게 숨을 내쉬고 있었다. 그런 내게 먼저 말을 꺼낸 사람은 규현이 형이었다.

"승현아, 괜찮아?"

"네. 죄송합니다."

"승현이 너 평소에는 그렇게 순둥순둥 착하던 애가… 요즘 무슨 일 있어?"

"아닙니다. 그냥 스트레스가 좀 쌓였나 봐요. 여자 친구 문제도 있고…"

"그래, 진정하고. 나중에 술 한번 마시면서 나랑 꼭 얘기 한 번 해보자. 오늘 일은 걱정 말고! 어쨌든 잘했어. 저런 새끼들은 한번 욕 좀 먹어야 조용히 지내는 새끼들이야."

"아닙니다. 제가 그래도 참았어야 했는데, 죄송합니다."

"아니야, 괜찮아. 오늘은 일단 얼른 집 가서 좀 쉬고."

"네, 알겠습니다. 가보겠습니다."

규현이 형은 나를 타이르기보다는 오히려 잘했다며 나를 위로해주었다. 그저 무서운 줄만 알았던 규현이 형은 꽤나 인간미가 있는 사람인 듯했다. 나는 짧게 인사를 드린 뒤 차에 앉아 담배를 물었다. 아직까지도 주먹으로 얼굴을 맞았다는 사실에 대한 분노가 가라앉지를 않았다. 부들부들 떨리는 손으로 담뱃재를 털고는 수아에게 전화를 걸었다. 이 순간 나를 위로해줄 수 있는 건, 오로지 수아뿐이었기 때문이다.

"어, 오빠. 왜?"

"수아, 뭐해?"

"나 지금 장 보고 있어."

"나, 맞았어."

우리, 조금 늦게 만났더라면

"맞았다고? 무슨 소리야? 누구한테?"

"손님한테."

"도대체 왜 맞아?"

"여기 손님들이 원래 좀 그런 사람이 많아. 근데…"

"아, 오빠 나 지금 조금 바빠서 조금만 이따 전화할게. 미안!"

"어."

유일하게 내게 위로가 되어줄 것만 같았던 그녀는 내 말을 끊고는 이따가 전화한다며 전화를 끊어버렸다. 순간 눈에서 눈물이 터져 나오기 시작했다. 맞은 것에 대한 억울함과 그 소식을 내게서 직접 전해 들은 그녀의 행동은 더 이상 내가 그 어떤 것도 감당해내지 못하고 무너져 내리게 만들었다. 그동안 수없이 고통을 감내하며 버텨온 트라우마도 더 이상 버텨낼 자신이 없었다. 그녀가 죽도록 미워졌다. 어떻게 이 상황의 나에게 그렇게 할 수 있는 것인가. 1년 전의 그녀였다면, 과연 오늘처럼 전화를 끊었을까? 2년 전의 그녀였다면, 과연 오늘처럼 내 말을 끊었을까? 첫 만남의 그녀였다면 당장이라도 나를 찾아오지 않았을까? 물론 오랜 연애 기간을 거치면서 조금씩 서로에게 소홀해질 수밖에 없는 것을 누구보다 잘 알지만, 적어도 그녀는 지금 이 상황에서는 그렇게 행동하지 말았어야 했다. 지난 3년간 그녀만을 생각하고 헌신해온 내게, 그렇게 행동하지는 말았어야 했다.

서운함과 분노, 그사이의 복합적인 감정에 한참을 차에 홀로 앉아 울었다. 다른 남자와의 메시지 채팅방을 보고 그녀의 품에 안겨

울던 그날만큼 서글피 눈물을 흘렸다. 숨은 제대로 쉬어지질 않고 심하게 헐떡거렸다. 그렇게 한참을 울던 나는 헐떡거리던 숨이 점차 진정되기 시작할 즈음, 수아를 향한 나의 마음은 조금씩 문을 닫아가고 있었다.

오늘 내가 흘린 눈물은 때와 장소를 가리지 않고 하늘에서 내리는 빗방울이 아니다. 하늘에서 내리는 빗방울은 겨우내 잠들었던 어떤 생명을 일깨우고 싹을 틔워내겠지만, 오늘 내가 흘러내린 눈물은 눈동자 속 감춰 두었던 그녀와의 작은 추억들을 담고 이내 땅바닥으로 곤두박질쳐 산산이 부서질 것이다. 더 이상 내가 그녀와의 추억을 그 어디에서도 찾을 수 없도록 끝없이 땅속으로 스며들고, 끝없이 공중에서 찬란히 부서져 형체를 알아볼 수 없도록 말이다.

그렇게 30여 분을 울었을까. 담배 한 개비를 태우며 진정했을 즈음, 그녀에게서 전화가 왔다.

"어."

"응, 오빠. 무슨 소리야? 맞았다니?"

"박수아, 앞으로 연락하지 말자."

"뭐?"

"나 더 이상 너 못 만나겠어. 변한 네 모습을 더 이상은 지켜볼 수가 없다."

"후회 안 해, 오빠?"

"어. 먼저 끊을게."

전화를 끊은 내 눈에서 진정된 줄 알았던 눈물이 다시 흘러내리기 시작했다. 조금 전의 눈물은 서글피 숨을 헐떡이며 쏟아낸 복합적 감정의 눈물이었다면, 지금의 눈물은 조금 전 못다 흘러내린 그녀와의 남은 추억마저 모두 쥐어짜내며 흐느끼듯 피눈물을 흘러내리고 있었다.

이제는 정말 모두 끝이었으면 좋겠다. 사랑이라는 탈을 쓰고 내 정신과 육신을 온통 피폐하게 만들었던 너와의 이야기도. 이제는 정신적 병이 되어버린 수아를 향한 나의 사랑도.
이제는 정말 모두 끝이었으면 좋겠다.
널 떠나보냄과 동시에 나의 태양은 빛을 잃었으니.

#17.

그리고 우리는 아직도 서로 뒤엉켜 있다
그녀는 반쯤 살아있고, 나는 반쯤 죽은 채로

- 빅토르 위고, 시인

2016년 4월 9일 해운대

지난 일주일간 얼마나 고통에 몸부림을 쳤는지 모르겠다. 그녀와 함께했던 수많은 추억은 수백 개의 날이 되어 내 심장을 찢어놓고 있었다. 그녀와 헤어지고 일주일이라는 아주 짧은 시간이 지났을 뿐인데, 갈기갈기 찢어진 심장은 이미 형체를 알 수 없을 정도로 망가져 있었고, 어떤 꿈도 만나지 못한 채 그녀와의 추억에 갇혀서는 혼자 그렇게 한없이 무너져 내릴 뿐이었다. 그녀에게 이별을 고한 것은 그저 찰나의 충동적인 선택이 아니었다. 사랑이라는 단어로 둔갑한 나의 집착은 분명 그녀를 지치게 하고 있었고, 나 자신마저 스스로 망가뜨리고 있었다. 그렇게 우리의 사랑은 높은 절벽 위에 신발도 신지 않은 채 서서 끝없는 추락을 위한 걸음을 내딛기만을 기다리고 있었던 것이다.

4월이라는 계절이 주는 아름다움은 내게서 결코 찾아볼 수 없었다. 길거리의 벚꽃 나무들은 어느새 분홍빛을 서서히 띠기 시작하

우리, 조금 늦게 만났더라면

며 온 거리를 설렘으로 피워낼 준비를 하고 있었지만, 내게 보이는 그 모든 풍경은 온통 검은빛으로 물든 채 죽어 있었다. 손을 잡고 해변을 거니는 저 연인들의 모습마저 온통 거짓으로 보일 만큼 나의 이성적, 감정적 판단은 방향감을 상실한 채 그녀와의 추억 사이를 맴돌고 있었다. 언제쯤 이 고통스러운 지옥 속에서 벗어날 수 있을까.

나는 기분 전환을 위해 대천과 여수를 거쳐 해운대로 여행을 왔다. 해운대는 지금껏 살아오며 처음 와 보는 여행지였다. 드넓은 바다와 어우러지며 하늘을 뚫고 서 있는 초고층 빌딩들은 꽤나 웅장한 모습을 하고 있었다. 어느새 따스한 봄바람이 불기 시작한 4월의 해변에는 헤아릴 수 없을 정도로 많은 사람들이 거닐고 있었다. 여기저기 손을 잡고 걸어 다니는 커플의 모습은 내 모습을 더욱 허전하게 만들었다.

'이곳을 수아와 함께 왔다면…'

어딜 가도, 무엇을 보더라도 '수아'라는 수식어가 따라다녔다. 지금 내가 보고 느끼는 모든 것을 수아도 함께 보고 느꼈다면, 그녀가 얼마나 행복한 표정을 지었을까? 누구도 들을 수 없는, 그녀를 부르는 나의 외침은 더욱 나의 추락을 초라하게 만들고 있었다. 우리는 왜 그 오랜 시간을 만나며 해운대라는 곳에 단 한 번도 오지 못했던 것일까. 온 거리에 로망이 가득 차 있는 이 아름다운 도시에 헤어지기 전 그녀와 단 한 번만이라도 함께 와봤다면… 어쩌면 조금이나마 후회를 덜었을지도 모른다.

2016년은 내 인생에 있어 최악의 해로 남을지 모른다. 재수로 응시했던 대학 입시에도 떨어졌고, 언제나 천사 같은 모습으로 내 곁을 지켜주던 수아도 내 손으로 떠나보냈다. 지금의 나는 위태로운 시간을 버틸 수 있는 날개가 되어주었던 그녀를 잃은 채 어디가 끝인지 모를 끝없는 나락으로 한없이 추락하고 있을 뿐이다. 주변은 빛조차 존재하지 못하는 먼 우주의 블랙홀처럼 온통 암흑뿐이었고, 언젠가 그 끝에 곤두박질쳐 '나'라는 존재마저 사라진 빛과 함께 사라질지 모른다. 인생의 첫 단추와도 같은 나의 20대 초반은 그렇게 어느 것 하나 이루지 못하고, 잃어선 안 될 그녀를 잃은 채 군입대만 기다리고 있을 뿐이다.

사람은 언제나 화려한 미래를 꿈꾸지만, 미래라는 시간을 현실로 마주하는 순간 좌절에 빠지고 만다. 진정 이른 시기에 너무나도 많은 것을 바친 어린 시절의 연애는 그저 감정 낭비일 뿐인 것인가. 머릿속에서 어린 나이에 함께 미래를 계획하고, 결혼을 꿈꾸며 순수한 사랑을 약속하던 시절이 주마등처럼 지나갔다. 역시나 행복했던 추억들 사이로 나를 괴롭히던 트라우마도 함께 찾아와 나를 더욱 처절히 무너지게 만들었다. 나를 바라보던 그녀의 사랑스러운 눈빛, 나에게 용서를 구하던 그녀의 간절한 눈빛, 함께 잠자리에 들며 나와의 결혼을 꿈꾸던 그녀의 눈빛은 온통 내 기억 속에서 잿빛으로 물들어 거짓처럼 보이기 시작했다.

사랑은 꿈꾸는 자의 것이라 했던가.

아니, 사랑은 곧 무너질 자의 것이다.

아픈 머리를 쥐어짜며 그녀에 대한 생각을 지우지 못한 채 어느새 시곗바늘은 새벽 1시를 넘어서고 있었다. 나는 결국 더는 참지 못하고 그녀에게 전화를 걸었다. 그녀는 한참 전화를 받지 않더니 전화가 끊기기 직전에 전화를 받았다.

"여보세요?"
"수아야."
"왜 전화했어?"
"보고 싶어서…."

그녀의 목소리는 단호했고, 그런 그녀의 대답에 나는 한없이 비참하고 초라한 목소리로 대화를 억지로 이어나갈 뿐이었다.

"후회 안 한다며? 어딘데?"
"나 해운대야. 여기 진짜 예쁘다? 해변가 사이로 빌딩들이 엄청 높…."
"그래서?"
"그냥… 처음 와봤는데 너무 좋아서…. 함께 왔다면 얼마나 좋았을까 하는 생각이 머릿속을 떠나지를 않더라고."
"이렇게 전화해서 흔들어놓지 마. 이런다고 우리가 달라질 거 없잖아."
"달라질 수 있다면?"

"아니, 이젠 나도 싫어. 목매이고 싶지도 않고, 자유로워지고 싶어. 그리고 나 천안에서 친구랑 자취하기로 했으니까 이렇게 새벽 늦게 전화하지 않았으면 좋겠어. 친구가 싫어해. 이만 끊을게."

전화기 너머의 그녀는, 내가 알던 그녀가 아니었다. 언제나 밝은 목소리로 나를 반기던 그녀의 목소리는 언제 그랬냐는 듯 차분하고 냉정하게 바뀌어 내 고막을 때릴 뿐이었다.

그녀의 말에 나는 할 말을 잃었고, 내 머릿속을 가득 메우는 것은 오로지 후회뿐이었다.

깊었던 사랑은 어찌하여 나를 이리 지독히도 처참하게 만드는가. 분명 똑같이 사랑하고 헤어졌을 뿐인데, 어찌 나의 마음만 돌아서지 못한 채 아직도 그녀의 주변을 맴도는 것인가. 사랑한 기억은 분명 이기적이었다. 평생 잊지 못할 추억을 내게 남기고, 그 명을 다 할 때쯤 아무도 찾지 않는 버려진 폐농가의 어떤 허수아비처럼 나를 버려둔 채 그저 끝없이 지난 기억을 되새김질하며 비바람에 쓰러지기만을 기다릴 뿐이었다. 그런 내 모습을 비웃으며 농락하기라도 하듯, 내 머리는 끊임없이 그녀를 찾아오라는 명령을 내릴 뿐이었다.

우리, 조금 늦게 만났더라면

#18.

다만 분명한 것은, 수 년을 괴롭히도록 아팠던
헤어짐은 살집을 도려내는 고통으로써
나를 성장시킨다는 것이다

- 임승현, 작가

2019년 4월 25일

해운대를 다녀온 이후로 나는 다시 성인 게임장에 출근을 시작했다. 방구석에 처박혀 금방이라도 터질 것 같은 머리를 쥐어짜봤자 달라질 게 무엇이 있겠는가. 바쁜 일상을 보내며 그녀를 생각할 수 있는 시간을 조금이라도 줄여보고자 한 것이다. 주간 조에서 야간 조로 옮긴 나는 오후 5시 출근하여 밤 12시 30분에 퇴근을 하고 있었다.

내 일상에 달라진 점이 있다면 잠이 없어졌다는 것이다. 일을 하는 동안은 그녀의 생각을 내 머릿속에서 잠시나마 떼어낼 수 있었지만, 잠시 담배를 피우는 시간에도, 화장실을 갈 때도, 마감을 위해 청소를 할 때도, 가게 정산을 볼 때에도 머릿속에 그녀가 피어오르기 시작했다. 물론 바쁜 하루를 마치고 퇴근을 할 때면 다시금 내 머릿속은 온통 그녀로 빗발치며 나를 괴롭혔다. 그러한 고통은 자연스레 나를 그녀가 있는 천안으로 향하게 했다. 왕복 2시간이 넘게 걸리는 고속도로를 나는 하루도 빠짐없이 오가며 그녀를 붙잡는 데 모든 힘을 쏟았다. 또한 내가 천안을 찾아가 그녀를 붙잡는다 해도 달라지는 것은 전혀 없었다. 그녀는 똑같이 나를 차갑게 대했고, 오늘은 달라질까, 내일은 달라질까, 이렇게 일 년을 보내면 언젠가 그녀가 내 마음을 알아줄까 하는 마음에 병적인 집착은 날로 늘어갔다.

오늘도 박카스 두 병과 함께 피곤한 몸을 이끌고 가게로 출근을 했다. 어느새 거리의 벚꽃은 만개했고, 따뜻한 봄바람은 거리를 걷는 이들의 마음속 설렘을 피어나게 하기에 충분했다. 겨울이라는 계절이 지나 봄이라는 계절이 찾아온 만큼 사람들의 옷차림부터 시작해 모든 것이 변하고 있었는데, 초점을 잃은 채 멍하니 알 수 없는 곳만 바라보는 내 눈동자만 한 달 전 모습 그대로였다. 굳이 변했다고 한다면, 날이 갈수록 더욱 초점을 잃어가는 눈동자일 것이다. 가게는 오늘도 변함없이 바빴고, 여기저기 고함 소리와 기계를 발로 차는 소리가 더욱 내 신경을 날카롭게 만들었다.

드디어 마감 시간이 되자 손님들이 하나둘 나가기 시작했고, 북적거리던 가게 안은 어느새 텅 빈 채 걸레질 소리만 고요하게 들려왔다. 카운터에서는 현금 정산을 하느라 바빴고, 나는 조금이라도 빨리 퇴근하고 천안으로 향하기 위해 빠른 속도로 걸레질을 하고 있었다. 어제 그랬듯, 오늘도 천안에 내려갈 생각을 하니 벌써부터 심장 박동 소리가 귀에 들릴 정도로 심장이 떨렸다. 내 머릿속은 이미 천안에 있는 듯했다. 빠르게 청소를 마친 나는 일당 7만 원을 현금으로 받고는 지갑에 넣고 가게를 박차고 달려 나가 싼타페에 시동을 걸었다. 나는 예열도 하지 않은 채 익숙한 듯 천안으로 향했다.

국도 수인로를 따라 봉담 톨게이트를 지난 나는 20여 분을 더 달려 경부고속도로에 진입했다. 고속도로 위의 차들은 늦은 새벽에 다들 어디를 그리 열심히 가는지 130㎞가 넘는 속도로 앞장서 달려가고 있었다. 그녀를 생각하며 천안으로 가는 한 시간의 거리는 마치 수십 시간을 달리는 듯 천천히 지나갔다. 일 분이라도 빨리 보고 싶은 마음에 나도 다른 차들을 따라 속도를 높여갔다. 어느새 차는 천안 톨게이트를 지났다. 톨게이트를 지난 지 얼마 되지 않아 고가도로 옆의 샛길로 빠진 나는 고가도로 밑에서 좌회전을 한 후 바로 오른쪽에 위치한 원룸촌으로 우회전을 했다. 드디어 그녀의 집 앞에 도착한 것이다. 그녀가 나를 만나줄지는 나도 아직 모른다. 거의 매일 찾아왔지만, 그녀가 항상 나를 만나주는 것은 아니었다. 만나준다 하더라도 십여 분 짧은 이야기만 나누고 자신의 집으로 다시 들어갈 뿐, 재회할 수 있는 그 어떤 여지도 내게 남겨주지 않았다.

나는 얼른 그녀에게 전화를 걸었다. 그녀를 향한 컬러링이 들리기 시작했고, 그녀의 목소리가 과연 들려올지 걱정이 됐는지 온몸에 긴장감이 돌기 시작했다.

"여보세요?"
"응, 수아야…"
"설마, 또 왔어?"
"응. 잠깐 나올래?"

"그만 좀 오라니까. 왜 자꾸 오는 거야? 거리가 이렇게 먼데."

"괜찮아. 잠깐만 나와서 담배 하나만 피고 들어가도 돼."

"알았어. 기다려."

오늘은 성공이다. 그녀와 사랑을 나누지 못하면 어떤가. 피곤한 몸을 이끌고서라도 이렇게 잠시나마 천안에서 그녀의 얼굴을 볼 수 있다는 것, 그녀가 안전하게 집에 있음을 확인하고 돌아갈 수 있다는 것, 그 하나만으로도 나는 이 모든 노력을 감내할 수 있을 만큼 행복했다. 나는 긴장이 되었는지 그녀가 나올 때까지 담배를 두 개비나 피고도 발을 동동 구르며 제자리를 맴돌았다. 곧이어 1층 공동 현관에 불이 켜지고 그녀의 모습이 보이자 나의 불안한 마음이 점차 가라앉기 시작했다.

"또 왔네, 또 왔어. 진짜…."

"미안해. 나 때문에 신경 많이 쓰이지?"

"아니야."

"근데 왜 자꾸 오지 말라고 그러는 거야…."

"그냥. 내가 뭐라고 이렇게 먼 거리를 매일 같이 찾아오는 거야. 내가 오래 있어 주지도 못하는데, 미안하잖아."

"아니야. 뭐가 미안해."

"근데 오빠."

"응?"

"이제 안 왔으면 좋겠어."

"내가 이렇게 찾아오는 거 불편해…?"

"응. 이제 오지 말아줘. 부탁할게."

"노력해볼게…."

그녀의 말에 나는 더 이상의 어떤 말도 하지 못했다. 그녀와의 시간은 이미 오래전 끝이 났음을 알지만, 뭐랄까… 한 줌 남은 희망마저 짓밟히며 다시 한번 끝임을 느낀 것만 같았다. 나는 뒤돌아선 채 몰래 눈물을 닦으며 그녀에게 말했다.

"수아야."

"응?"

"곧 있으면 5월 12일인 거 알아?"

"응. 알아."

"우리 다시는 만나지 못하게 되더라도 좋아. 네 기억 속에 내가 어떤 사람으로 남든 좋아. 대신 마지막으로 부탁 하나만 할게."

"뭔데…?"

"5월 12일. 우리 헤어지지 않았다면 3주년이 되었을 그날. 커피 한 잔이라도 좋으니 잠깐만 시간을 내줘. 그거 하나면 돼. 부탁할게."

"그날 시간 봐서. 그날 목요일이지? 금요일 공강이라 아마 안산에 있을 것 같긴 한데…."

"고마워. 잘 지내고, 그때 보자."

나는 다시금 뒤돌아 붉게 충혈된 눈동자로 그녀를 향해 뒤돌아서서는 그녀를 바라보고는 의미심장한 미소를 남기고 자리를 떠났다. '수아야, 그날의 내 한마디가 너에겐 큰 상처가 되었구나. 나의 한

마디 말실수로 너를 그렇게 떠나 보냈나봐. 서로에 대한 이해와 배려가 가장 중요한 시기였는데…. 그런 시기에 너에게 이렇게 실망을 안겨줘서 미안해. 지금의 내 모습이 마지막 모습이 될지도 몰라. 그러니 적어도 너에게 눈물은 보이고 싶지 않아. 지금 억지로나마 짓는 내 미소를 마지막 모습으로 기억해주길 바라.'

2016년 5월 12일 목요일

　세상에서 가장 슬픈 날이 다가왔다. 오늘은 그녀와의 3주년이 되는 날이다. 허나 우리는 연인이 아닌 이별한 남자와 여자로서 그날을 맞이했다. 그녀도 오늘의 슬픔을 느끼고 있을까? 오후 3시쯤 잠에서 깨어난 나는 출근을 위해 얼른 준비를 했다. 혹시 그녀를 만나게 될지도 모르니, 오랜만에 옷을 빼입고 머리에 왁스도 발랐다. 한껏 차려입은 나는 집을 나서며 그녀에게 메시지를 남겼다.

　'수아야, 오늘 만날 수 있는 거지?'
　'아마도…? 나 저녁에 중앙동에서 선약이 있어. 끝나면 연락할게.'
　'혹시 남자 만나는 거야?'
　'맞긴 한데, 그런 건 알아서 뭐하게.'
　'아니야. 미안해. 꼭 만나자…. 꼭이야 정말…. 나 퇴근할 쯤 만나자.'
　'알겠어.'
　다행이었다. 정말 다행이었다. 정말 3주년만큼은 그녀와 함께 보

우리, 조금 늦게 만났더라면

내고 싶었다. 오늘이 마지막 만남이 된다고 해도, 그녀와의 3주년을 함께 보내는 잠깐의 시간, 그거 하나면 충분했다.

사람이란 무언가를 소유하기 시작하면 욕심이 끝도 없지만, 반대로 전부를 잃고 나면 그저 그 상황에 얻을 수 있는 아주 사소한 것 하나, 그녀와의 의미 없는 사소한 만남 같은 것 하나만으로도 최상의 만족을 얻게 되는 것 같았다. 태어나서 신이라는 존재를 한 번도 믿어본 적 없던 나는, 하늘에 대고 기도하기 시작했다.

'신이시여, 감사드립니다. 신이라는 존재가 실제로 존재하든, 존재하지 않든, 저는 당신께 끝없는 무한한 감사를 드립니다.'

오랜만에 그녀와의 만남을 약속한 나는 세상 모든 것을 얻은 사람처럼 들떠 있었다. 5월 중순이라는 시간에 접어들어서야 길거리에 퍼지는 꽃향기와 살랑거리는 따뜻한 바람을 느낄 수 있었다. 세상이 언제 이리 변했는지도 몰랐던 나는, 이제 와서야 한숨 돌리며 5월을 온몸으로 느꼈다. 어느새 푸른빛으로 물든 개천가의 잔디밭, 높은 하늘을 자유로이 비행하는 새들, 넓은 대지를 어루만지는 따사로운 햇빛은 마치 침대 위에서 그녀를 어루만지던 내 손길 같았다.

오늘도 나는 피곤한 몸을 이끌고 박카스 2병을 마시며 가게로 들어섰다. 그녀를 잃은 후 나는 한 달 넘도록 하루에 4시간 이상을 자 본 기억이 없는 듯하다. 그런 내 생활 패턴만 보더라도, 그녀를 잃은 슬픔은 얼마나 비통한지 한눈에 알 법 했다. 그래도 오늘은 그녀를 만날 생각에 몸이 한결 가볍게 느껴졌다. 손님이 부를 때마다 힘없이 비틀어지는 목소리로 대답하던 내가 갑자기 또렷하고 정확한 발음으로 대답하고 가게 이곳저곳을 뛰어다니며 열심히 일하는 모습을 보더니 카운터의 규현이 형이 내게 물었다.

"너 이 새끼, 여자친구 생겼냐? 오늘 왜 이리 기분이 업 돼 있어?"
"아니요! 그건 아니고. 저 오늘 수아 만나요!"
"수아? 다시 만나는 거야?"
"그건 아니고…. 그냥 오늘이 3주년 째 되는 날이라 커피라도 한 잔 같이 마시기로 했습니다!"
"아~ 어쩐지 오늘따라 애가 이상하더라고."
"제가 오늘 수아랑 좋은 일 있으면 말씀 드리겠습니다!"
"그래! 오늘도 고생하고. 이따가 이야기 잘 나눠 봐!"

규현이 형은 오랜만에 보는 그런 내 모습에 흡족한 듯 미소를 띠었다. 얼른 일이 끝나고 그녀를 만나기만을 기대하며 열심히 일에 집중하다 보니 어느새 밤 11시가 되어 있었다. 퇴근까지 약 1시간 30분. 조금만 버티면 그녀를 만날 수 있다. 슬슬 그녀와 어디에서 만날지 상의를 하기 위해 그녀에게 메시지를 보냈다.

'수아야, 나 곧 끝나는데 중앙동에서 만나면 될까? 아니면 다른 곳에서 만날까?'

어째서인지 그녀는 대답이 없었다. 불길한 예감이 들기 시작했다. 혹시나 술에 취해 선약이 있던 남자와 무슨 일이 생긴 것은 아닐

우리, 조금 늦게 만났더라면

까? 아이처럼 신나있던 나는 순간 거짓말처럼 눈동자의 초점을 잃은 채로 그녀에게 전화를 걸었다.

'전화를 받지 않아…'
'전화를 받지 않아…'
'전화를 받지 않아…'

세 번이나 전화를 걸었음에도 그녀는 전화를 받지 않았다. 도대체 어떻게 된 것인가. 내가 이토록 걱정인 이유는, 그녀가 술에 약했기 때문이다. 술에 취하면 남자의 품에 쉽게 안기는 안 좋은 술버릇이 있었다. 심지어는 내 앞에서 내 친구에게 안긴 적도 있으니 말이다. 물론, 그 친구가 나인 줄 알고 말이다.

그런 그녀였기에 더욱 걱정이 되었다. 나는 계속 전화를 걸었다. 30여 분을 그렇게 전화를 걸며 일을 했다. 도무지 일에 집중이 되지 않았고, 그녀는 역시 전화를 받지 않았다. 어딘가 불안해 보이는 내 모습을 본 규현이 형은 나를 카운터로 불렀다.

"승현이 갑자기 표정이 왜 안 좋아?"
"수아가… 연락이 안 돼요…. 아까 아는 남자애랑 잠시 술 마시고 있겠다고 했는데…."
"그래서 걱정돼서 그러는 거야?"
"수아가… 술에 취하면 사리분별을 잘 못하거든요. 혹시나…. 하… 어떡하죠? 미치겠어요…."
"당장 찾으러 가. 오늘 마감은 형 혼자서 할 테니까."

175

"어떻게 그래요. 일은 끝내고 가야죠."

"후회하지 말고 당장 찾으러 가."

나를 위해주는 규현이 형의 한 마디에 나는 연신 감사하다는 말을 되풀이 하고는 가게를 뛰쳐나왔다. 당장 그녀를 찾아야한다. 그녀는 지금쯤 술에 취해 정신을 잃은 채 낯선 남자와 모텔 방에 누워있을 지도 모른다. 성급한 걱정이었고, 남자친구가 아닌 내가 그런 생각을 하는 것은 그저 집착일 뿐이었지만, 내 머릿속에는 그런 것 따위 생각할 여유가 없었다. 한때 내 여자였던 수아를 찾아내고 지켜내는 것이 우선이었다.

나는 차에 시동을 걸고 당장 중앙동을 향해 액셀을 밟았다. 신호를 모조리 무시하며 달렸다. 이러다 교통사고가 날지도 모른다는 걱정은 할 겨를이 없었다. 무조건 앞만 보며 달렸다. 그러면서도 나는 그녀에게 계속 전화를 걸었다. 중앙동에 도착할 때까지 그녀는 전화를 받지 않았고, 중앙동에 도착한 나는 차를 아무렇게나 세우고는 당장이라도 누군가를 죽일 듯한 눈빛으로 그녀를 찾아다녔다.

그렇게 두 시간을 중앙동의 술집을 돌아다니며 그녀를 찾았지만 그녀는 보이지 않았다. 속이 당장 뒤집어질 듯 답답했다. 손에 잡히는 그 어떤 물건이든 다 집어 던져 버리고 싶을 정도로 가슴이 답답했지만, 아무것도 할 수 없다는 좌절감에 당장이라도 울고 싶었다.

"여보세요?"

끝없이 걸던 전화기 너머 알지 못하는 남자의 목소리가 들렸다.

우리, 조금 늦게 만났더라면

"여보세요? 수아랑 같이 있으세요?"

"저 수아 남자친구인데~. 전화 걸지 마세요~."

"뭐? 그쪽이 누군데. 아니 됐고, 남자친구든 뭐든 상관없으니까 당장 수아 바꿔요."

남자친구라는 말에 분노한 나는 횡설수설하며 대답했다. 하지만 그는 아무런 대답 없이 전화를 끊어버렸고, 그의 행동에 나는 기름에 불덩이를 던진 듯 폭발하고 말았다. 나는 당장 그녀의 핸드폰으로 다시 전화를 걸고 또 걸어보았지만, 30분 넘게 전화를 받지 않았다.

그렇게 몇 시간을 번화가를 돌며 그녀를 찾아내던 나는 결국 그녀를 찾지 못했고, 아침 7시가 되어서야 모든 것을 포기한 채 내려놓았다. 나는 차에 시동을 걸어 그녀의 집으로 향했다. 칠흑 같던 어둠은 어느새 걷히고 날이 밝고 있었다. 수인로를 달려 도착한 그녀의 집 앞은 조용하기 그지없었다. 그녀의 집 앞에 차를 세운 뒤 그녀가 오기만을 기다렸다.

눈도 붙이지 못한 채 한없이 기다린 지 6시간. 오후 1시가 넘어서야 멀리서 걸어오는 그녀의 모습이 보였다. 나는 차에서 내려 그녀에게 물었다.

"뭐하는 거야?"

"어, 오빠…. 미안…."

"선약 끝나면 연락 준다면서?"

"아…. 술 마시다 보니 취해서…."

"그래서 어디서 잤는데? 그 남자는 누구고? 남자친구 생긴 거야?"

"무슨 소리야? 남자친구라니?"

"계속 전화를 걸었더니 웬 남자가 받아서는 남자친구라고 전화 걸지 말라고 하던데? 누구랑 있었는데?"

"응? 나 어제 친구랑 술 마시다가 그냥 너무 취해서 사우나 가서 잤는데…. 걔가 취해서 그렇게 전화 받은 건가 봐…."

"어디 사우나 갔는데?"

"오빠, 지금 나 의심하는 거야?"

"아니, 그게 아니고…. 어느 사우나에서 잤냐고."

"중앙 스파랜드."

"그 사우나가 몇 층에 있는 건데?"

"……."

그녀는 잠시 망설이더니 대답했다.

"5층이었던 것 같은데…?"

"그걸 왜 기억을 못 해?"

"몰라…. 취해서 들어갔는데 그걸 어떻게 기억해."

"나오면서 몇 층인지 봤을 거 아니야."

"진짜 기억이 잘 안 나."

나는 속으로 생각했다. 그녀가 집에 도착한 시간을 미루어 보아,

우리, 조금 늦게 만났더라면

모텔 퇴실 시간과 얼추 들어맞는다. 하지만 나는 지금 그녀의 남자 친구가 아니기에 화도 낼 수 없었고 꼬치꼬치 캐물을 수조차 없었다. 그저 나와의 약속을 깨고 술기운에 이끌린 그녀가 어디에서 누구와 있었는지도 모른 채 그 사실을 오롯이 받아들이고 현실을 받아낼 뿐이었다.

"오빠."
"응?"
"나 좋아하는 사람 생겼어. 그러니까 이제 제발 나 때문에 그만 힘들어해. 내가 뭐라고…"
"참 신기하다."
"뭐가?"
"아니야, 됐어 나 갈게."

나는 어깨가 축 늘어져서는 뒤돌아서서 차에 시동을 걸었다. 그녀는 역시나 나를 붙잡지 않았다. 우리에게 영화 같은 일이 일어나길 바랐다. 고통에 몸부림치는 날을 보내던 도중, 어떤 계기로 인해 헤어진 연인이 다시 만나게 되는 뻔한 영화 속 이야기 말이다. 하지만 우리 사이에 일어난 이별은 영화가 아닌 현실이었고, 그녀를 잡을 수 있다는 희망은 점차 줄어갈 뿐이었다. 그녀와 5월 12일을 함께할 수 있다는 생각에 잠시나마 살아 숨 쉬었던 내 주변의 모든 풍경은 언제 그랬냐는 듯 죽은 채로 나를 바라보고 있었다.

#19.

혼들리는 벚꽃잎은 곧 떨어지도다.
'불안정한 사랑'이란, 아주 잠시의 희열을
느끼게 해주는 마약일 뿐

- 임승현, 작가

2019년 5월 19일

귀를 때리는 알람 소리에 잠에서 깨어났다. 잠에서 깨어난 나는 베개 속에 얼굴을 파묻고 고통에 몸부림쳤다. 어제도 눈물을 얼마나 흘렸는지 눈이 퉁퉁 부어있었다. 지난 일주일간 그녀에게 연락 한 통 보내지 않았다. 혹시 내가 무관심한 듯 행동하면 그녀의 마음이 돌아설까 하는 생각에 일주일간 미친 듯이 그녀 없는 삶을 버텨내며 지내왔다. 결국 그녀에게서는 연락 한 통 없었고, 날이 갈수록 심해지는 우울 증세만이 나를 망가뜨릴 뿐이었다. 길거리를 거닐 때면 차라리 하늘에서 커다란 컨테이너가 떨어져 아무 고통도 느끼지 못하고 죽어버렸으면 좋겠다는 생각이 수없이 들었다. 내 인생에 더 이상의 희망이란 없다고 느껴졌다. 앞만 보고 달려온 '가수'라는 꿈도, 평생을 사랑하며 몸 바치리라 다짐했던 그녀도 이젠 내 곁에 없다. 누군가에겐 작은 꿈으로 보일 수도, 누군가에겐 잠시 지나치는 사랑으로 보일 수 있겠지만, 지금껏 암흑 속에 스스로를 가둔 채 살아오던 내게 꿈과 그녀를 잃은 건 세상을 잃은 것과 같왔다. 그렇게 나는 세상을 잃은 채 다가오는 군 입대를 한없이 한탄하고 있을 뿐이다.

궁지에 몰리면 비열해진다는 말을 어디선가 들은 적 있다. 입대를 기다리고 있는 나는 점점 모든 것을 군대 탓으로 돌리기 시작했다. 군대에 가야 한다는 현실 때문에 '가수'의 꿈을 포기해야 했고, 군대에 가야 한다는 현실 때문에 그녀가 떠났다고 말이다. 20살 꽃다운 나이의 그녀가 굳이 나를 다시 만나며 내 전역을 기다려 줄 이유가 무엇이 있겠는가. 주변 대학 선배들만 보아도 죄다 군필자일 텐데 말이다.

이 모든 게 군대 때문일지도 모른다.

그렇게 난 사회에서의 모든 걸 내려놓고, 아니 모든 걸 빼앗겨 버리고 2년이라는 시간 동안 쥐 죽은 듯 군인 신분으로 살아야 한다는 사실을 도저히 감당할 자신이 없었다.

그렇게 시작된 오늘 하루도 여느 때와 다를 것 없었다. 초점을 잃은 눈동자, 길게 자란 수염, 폐인이 된 듯 산발이 된 머리카락을 보면 우울 증세가 극에 달했다는 걸 누가 보아도 알 수 있을 것이다. 오늘은 주간 출근을 하기로 한 날이다. 새벽 1시에 퇴근을 한 나는 곧장 집으로 달려 수아를 떠올리며 몸부림치다 새벽 3시가 넘어서야 겨우 잠이 들었다. 역시나 박카스 두 병을 들이붓듯 마시며 출근을 한 나의 하루가 시작되었다.

오후 5시가 되어서 퇴근한 나는 골목길에 서서 담배 한 개비를 물었다. 이내 내뿜어지는 짙은 연기와 함께 추억 속으로 빨려 들어

갔다.

'오빠는 나랑 결혼할 거야?'

내가 스무 살이 되던 해의 첫 여행 날, 그녀가 내게 했던 말이 떠올랐다. 패나 오랜 시간이 지난 지금도 그 장면은 도저히 지울 수 없었다. 우리가 처음 결혼을 약속한 날이자 가장 기억에 남는 그녀와의 잠자리였기 때문이다. 자욱이 뿜어져 나오는 담배 연기 사이로 그녀의 얼굴이 보였다. 정신적 외로움은 이미 익숙했다. 텅 비어버린 것만 같은 머릿속에 떠오르는 그녀의 모습은 여전히 아름다운 자태를 뿜내고 있었다. 비가 오려는지 먹구름이 몰려오기 시작했다. 날씨 탓인지 오늘따라 그녀의 몸이 그리워졌다. 무언가 결심을 한 나는 차에 시동을 걸지 않고 택시를 타고는 시외버스 터미널로 향했다.

"천안 가는 버스 있나요?"
"9시 하고 10시 있습니다."
"10시가 막차죠? 10시로 주세요."

비도 오고, 이런 날에 차 없이 천안으로 버스를 타고 간다면 그녀가 오늘 하루쯤은 나와 같이 있어 주지 않을까 하는 생각에 무작정 천안으로 향하는 막차 티켓을 구매했다. 오늘은 무조건 그녀와 잠을 청하고 오리라. 비장한 각오를 한 나는 얼른 10시가 되기를 기다리며 매표소를 나와 흡연 구역에서 줄담배를 피우며 시간을 보냈다.
9시 50분이 되자 나는 한참을 기다렸다는 듯 티켓을 들고 천안으

우리, 조금 늦게 만났더라면

로 가는 버스에 올랐다. 창가 좌석에 앉아 출발하기만을 기다리며 창밖을 바라보았다. 하늘에서는 한 방울씩 비가 내리기 시작했다. 고요한 버스 안에서 바라보는 창밖의 빗방울 사이로 적적한 마음이 함께 내리고 있었다. 빗방울은 이내 땅바닥에 곤두박질치며 그녀의 기억과 함께 부서지고 있었다.

'떨어지는 비는 우리의 추억처럼 짧구나. 언젠가 이 빗속에서 추위에 떨고 있을 때, 넌 나를 찾아줄 거야. 아니, 내 곁에 있어 줄 거야.'

나는 머릿속으로 생각했다. 얼마 지나지 않아 버스는 출발했고, 이내 고속도로에 올랐다. 왕복 10차선의 광활한 경부 고속도로를 달리던 버스는 곧 천안 시외버스 터미널에 도착했다. 버스에서 내린 나는 그녀에게 전화를 걸었다. 어쩐 일인지 그녀는 전화를 단번에 받았다.

"여보세요?"
"수아야, 잠깐 나 좀 보자."
"나 천안인데? 오빠, 설마 또 천안 왔어?"
"응."
"어딘데?"
"나 시외버스 터미널. 버스 타고 왔어."
"나 오늘 바빠. 그리고 내가 오지 말라고 했잖아. 다시 안산 가는 거 타고 가."

"막차 타고 와서 버스가 없어."

"아니, 그러면 말을 하고 왔어야지. 갑자기 천안 왔다고 좀 보자하면 어떡해?"

"오늘은 꼭 봐야 해."

"이유가 뭔데?"

"그런 게 있어. 나 오늘은 네가 필요해. 진심이야."

"나 오빠 안 볼 거야. 미안해. 끊을게."

충격적이었다. 하늘에서는 비가 내리고, 돌아갈 버스는 없기에 나를 위해 시간을 내줄 거라 생각했던 것은 나만의 착각이었다. 오늘도 역시 그녀의 마음은 나를 향해 조금도 돌아서지 않았던 것이다. 그녀와의 이별은 몸이 멀어진 것 때문이었다고 착각한 나는, 오늘 밤 그녀와의 잠자리 한 번이면 그녀를 다시 내게로 데려올 수 있을 거라 생각했던 것이다.

하지만 그런 기회는 내게 주어지지 않았다. 나는 또 한 번 좌절감에 빠져 홀로 도로변에 우산도 없이 서서는 반대편의 건물을 바라보았다.

'차라리 내가 저 높은 옥상에서 떨어져 죽어버린다면… 수아가 나를 그리워해 줄까?'

우울 증세가 극에 달했던 나는 일차원적이고 극단적인 생각만 떠올렸다. 30여 분을 넘게 멍하니 건너편 건물의 옥상을 바라보던 나는 그녀에게 메시지를 보냈다.

'수아야, 오늘은 꼭 네가 필요했는데… 많이 아쉽네. 미안해. 잘 지내고. 앞으로는 정말 내가 널 귀찮게 하는 일은 없을 거야. 행복하게 살아야 해. 내가 못나서 미안해. 가진 것 없고, 능력 없고, 군대도 안 다녀왔고… 나는 너무 부족한 남자였지? 그런 남자랑 3년이라는 시간을 허비하게 해서 미안해. 정말 꼭 행복해야 해. 안녕.'

나는 무언가에 홀린 듯 건너편 건물로 향했다. 눈에서는 눈물이 흘러내렸지만 다행히도 비가 내린 탓에 눈물인지 비인지 다른 사람이 알아챌 방법이 없었다. 나는 어떤 감정도 섞이지 않은 무표정한 얼굴로 건물에 들어가서 계단을 오르기 시작했다. 2층… 3층… 계단을 오를수록 내 생은 이승과 멀어지고 있었다. 조금만 더 걸으면 이 모든 고통 속에 벗어날 수 있을 것이다. 지금까지 이 처절함에 몸부림치며 버텨왔지만, 이 건물의 옥상에 다다를 때 모든 것을 집어 던지고 공중에 날려 사라지리라. 그래, 정말 열심히 버텨왔다. 이만했으면 됐다. 이제 진정으로 벗어나는 것이다.

10층짜리 건물의 9층에 다다랐을 즈음, 머릿속에 울부짖는 부모님의 모습이 떠올랐다. 나에게 모든 걸 바쳤던 부모님, 나에게 있어 소중했던 모든 사람의 얼굴이 한 번씩 스쳐 지나가며 다리가 부르르 떨리기 시작했다. 터질 듯 아드레날린이 분비되고 있는지 온몸에 열이 오르고, 심장 박동 수가 극도로 오르기 시작했다.

띠리리리---- 띠리리리----
그 순간 벨 소리가 울렸다. 수아였다. 그녀에게서 전화가 왔다는 사실이 믿기지 않았다. 내가 보낸 메시지에서 이상함을 느꼈던 것일까? 그런 내가 걱정되어서 전화한 것일까? 하는 생각이 들었다.

'이제 다 끝인데 받아서 뭐해.'

마음속으로 모든 걸 정리한 나는 그녀의 전화를 거절했다. 그녀에게서 온 전화는 아무리 거절해도 몇 번이고 다시 걸려왔고, 나는 마지막 그녀의 목소리라도 듣자 하는 마음에 전화를 받았다.

"여보세요?"
"오빠? 어디야? 목소리는 왜 그래? 울어?"
"아니야."
"아니 일단 만나서 얘기하자. 어디야?"
"몰라도 돼."
"제발… 걱정되게 왜 그러는 거야! 어디야. 빨리 말해. 택시 타고 갈 테니까."
"나도 어딘지 잘 몰라. 시외버스 터미널 건너편 쪽이긴 한데…."
"오빠 10분만 기다려. 금방 갈게. 알았지? 꼭."
"웅."

전화를 끊은 나는 다리에 힘이 풀린 채 10층 계단에 주저앉았다. 나에게서 매몰차게 등 돌린 그녀였지만, 이런 순간에 나를 걱정해준다는 사실에 고마움을 느꼈다. 얼마 지나지 않아 그녀에게 전화가 왔고, 터미널 앞이라는 그녀를 만나기 위해 올라왔던 계단을 다시 내려갔다. 건물 앞 신호등 건너편에 그녀가 서 있었다. 그녀는 나를 보고는 달리는 차들을 무시한 채 적색 신호를 가로질러 내게 달려 왔다.

"임승현!"
"응."
"너 지금 뭐하는 거야!"
"뭐가?"
"너 뭐하고 있었어?"
"몰라. 그냥 있었어."
"괜찮은 거야?"
"응. 밥은 먹었어? 고기 먹을래?"
"너 이 상황에 그런 말이 나와?"
"일단 고기나 먹으면서 얘기하자."

나는 그녀를 데리고 두정동 먹자 거리에 있는 마포 갈매기 집을 찾았다. 거리에는 대학생들이 술에 취한 듯 소리를 지르며 활보하 고 있었다. 구석 자리에 앉은 우리는 아무 말 없이 앉아 있었다.

"소주 한 병 주세요."
"뭐야? 오빠 술 잘 안 마시잖아. 갑자기 왜?"
"그냥."

나는 그녀와의 첫 만남 이후로는 거의 술을 마시지 않다시피 했다. 그런 내가 갑자기 술을 주문하니 그녀가 의아하다는 듯이 물었던 것이다.

"수아도 술 한잔할래?"
"아니, 나는 안 마셔."
"왜? 내가 하도 술을 안 마시니까 나랑 술 마시는 게 소원이라고 했잖아."
"그건 그때지."
"그렇지?"

나의 표정은 다시 굳어갔다. 그녀가 내 앞에 있다는 사실에 너무나 큰 위로를 느낀 나는 천천히 안도감을 느끼고 있었지만, 역시나 우리 사이가 예전 같을 수 없다는 사실을 다시 한 번 느낀 내 얼굴엔 어떤 감정도 떠오르지 않았다. 나는 술이 나오자마자 급히 술을 마시기 시작했다. 나는 술이 잘 받지 않는 체질이라 금세 얼굴이 빨개지고 심장이 두근거리기 시작했다. 말없이 술잔을 비워내는 나를 보는 그녀의 눈빛이 이상해졌다.

"미안해."
"뭐가?"
"……."

미안하다고 말을 건넨 것은 그녀였다. 갑자기 왜 나한테 미안하다고 하는 것인지 도무지 이해가 가지 않았다. 하지만 그녀의 표정은 분명히 많은 것을 말하고 있었다. 평소 그녀의 행동, 표정만 보아도 그녀의 기분이 어떠한지 알 수 있었지만, 오늘 그녀의 표정은 도무지 알 수가 없었다. 다만 내 생각으로는 나에게 잘못한 것이 있다거나, 연민을 느끼는 것처럼 보였다. 그녀가 내 눈을 똑바로 쳐다보고 있었다. 나는 느낌이 이상했다. 그녀의 그런 눈빛 때문에 침묵이 흐르기 시작했다. 먼저 침묵을 깬 것은 그녀였다.

"오빠."

"응?"

"진짜 미안한데…. 3만 원만 빌려주면 안 돼?"

"3만 원은 왜?"

"요즘 밥값이 없어서…. 알바를 해야 되는데 과제가 너무 많아."

"3만 원 정도야 뭐…. 대신 이 돈은 너 밥 사먹는 데만 써야 한다. 다른데 쓰지 말고 절대."

"내가 그걸 다른데 쓸 데가 어디 있다고…."

"딴 놈이랑 모텔가고 그러면 진짜 실망할 거야. 꼭 밥 먹는데 써. 맨날 밥 버거 같은 싼 거 먹지 말고."

느낌이 이상했다. 집에서 용돈을 받아쓰는 그녀이기 때문에 밥값이 모자랄 리 없었다. 나는 확신했다. 그녀는 분명 모텔에 갈 돈이 부족해서 내게 돈을 빌리는 것이라고 말이다. 하지만 정말 밥값이 부족해서 그런 것일 수도 있다는 생각에 그녀에게 신신당부를 하고는 지갑에서 5만 원 권을 꺼내 그녀에게 주었다.

"뭐야? 왜 5만 원을 줘? 3만 원이면 되는데…."

"굶지 말고 맛있는 거 사먹으라고."

"고마워, 오빠. 내가 꼭 갚을게."

"필요 없어. 근데… 이제 뭐할 거야?"

"집 가서 자야지."

"오늘은 나랑 있어주면 안 돼?"

"집에서 친구가 나 기다려. 얼른 들어가야 해."

"혹시 집에 갔다가 나올 수 있을 것 같으면 꼭 연락 좀 줘."

"알겠어. 이제 얼른 가자. 오빠도 좀 쉬었다가 내일 출근해야 하는 거 아니야?"

"그럴 수도 있고…."

나는 의미심장한 대답으로 대화를 마무리했다. 식당에서 나온 그녀는 내게 근처에 있는 모텔 위치를 알려주었다.

"이 길로 쭉 가다 보면 오른쪽에 모텔 하나 있어. 거기서 자면 돼. 들어가면 꼭 연락하고. 나쁜 생각 절대 말고. 알았지 오빠?"

"응. 진짜 같이 있으면 안 되는 거지?"

"응."

그녀는 나를 다시 한번 애처롭게 쳐다보고는 자리를 떠났다. 나는 그녀가 알려준 대로 모텔을 향해 걸었다. 모텔 앞에 도착한 나는 혹시나 하는 마음에 그녀에게 전화를 걸었다.

'전화를 받지 않아….'

우리, 조금 늦게 만났더라면

나의 예상이 적중하는 듯했다. 그녀는 수차례 전화해도 받지 않았고, 나는 또 한 번 배신감을 느꼈으며, 머릿속이 복잡해지기 시작했다. 그녀는 정말로 내게 빌린 3만 원을 가지고 다른 남자와 모텔을 간 것일까. 어찌하여 내 가슴은 그리 난도질을 당하고 죽음의 문턱까지 밟았음에도 또 이렇게 고통 받아야 한단 말인가. 나는 얼른 택시를 타고 그녀의 집으로 향했다. 그녀의 집 앞에서 다시금 그녀에게 전화를 걸어보았지만 역시나 그녀는 전화를 받지 않았다. 나는 떨리는 마음으로 인터폰을 눌러 그녀의 집을 호출했다.

"누구세요?"

그녀와 동거하는 여자의 목소리인 듯했다.

"늦은 시간에 죄송합니다. 수아 전 남자친구인데⋯ 혹시 집에 있나요?"
"수아 오늘 안 들어왔는데요?"
"네⋯. 죄송합니다⋯."

피가 거꾸로 솟는 느낌이 들었다. 온몸에 참을 수 없는 경련이 일었고, 칼로 전신을 긁어내야 그 답답함이 풀릴 것만 같았다. 눈의 실핏줄이 전부 터질 것만 같은 참을 수 없는 분노가 끓어오르는 것도 잠시. 나는 더 이상의 힘이 남아있지 않았다. 나는 그 자리에 주저앉아 주먹으로 가슴을 때렸다. 아무리 쳐도 답답한 가슴은 풀릴 기미가 보이지 않았다.

　나는 모든 것을 포기한 채 택시를 불러 두정동 근처의 모텔촌으로 향했다. 비는 여전히 내리고 있었고, 나는 하늘을 보며 소리를 지르고는 속으로 생각했다.

　'저 말이죠…. 정말, 더 이상 살아갈 용기가 남아 있지 않습니다. 제 모든 것은 이미 산산이 부서져 내려버렸어요.'

　봄의 시작을 알리는, 이 세상의 잠들었던 모든 생명을 일깨우는 봄비가 나에게만큼은 절망이 되어 감정선의 피부층을 뚫고 있었다. 제 할 일을 찾아 바쁘게 걸음을 옮기는 사람들 사이로, 우산 하나 쓰지 않은 채 비를 맞으며 한없이 걷던 내 머릿속엔 온통 절망만이 가득했다.

　그렇게 몇 시간이 지났을까. 꼬깃꼬깃 비에 젖은 5만 원 권을 들고 유흥가의 어떤 모텔을 찾았다.
　"방 있나요?"
　온통 비에 젖은 나는, 숙박업소에 들어서자마자 카운터 직원에게 물었다. 비에 젖은 5만 원 권을 받는 직원의 모습은 썩 좋아 보이지 않았다. 그럴 만도 한 것이, 돈을 건네는 나의 모습은 누가 보아도 오늘 무언가 일을 터뜨리려고 작정이라도 한 것 같은 사람처럼 보였기 때문이다. 목소리에서는 조금의 힘도 느껴지지 않고, 눈은 한껏 풀려 있으며, 목소리의 끝에는 알 수 없는 떨림만이 느껴질 뿐이었다.
　509호. 잠시 몸을 누일 방의 카드키를 받은 나는, 조금의 망설임도 없이 엘리베이터로 향했다. 버튼을 누르자 절망에 빠진 나를 한참 동안 기다리기나 한 듯 엘리베이터의 문이 활짝 열렸다. 발끝에 묻어나는 빗자국을 바라보며 고개를 푹 숙이고는 구석자리에 서서 5층을 눌렀다. 숨을 한번 크게 들이마신 뒤 한숨을 내쉬자마자 엘리베이터는 나를 5층의 로비로 안내했다. 그곳은 내 속마음을 알아차리기라도 한 듯 정적만이 흐를 뿐이었다.

카드키로 문을 열고 방 안으로 들어서자마자 너무나도 익숙한 숙박업소의 침구 냄새가 내 코를 자극했다. 몇 달 전만 해도 그녀와 나는 숙박업소를 드나들며, 표백제 냄새가 묻어 있는 이불을 함께 덮고는 서로에게 평생을 약속하며 밤을 보내곤 했다.

이내, 추억이 묻어있는 그 침대 속에 젖은 몸을 던져 홀로 누웠다. 방 안엔 정적이 흐를 뿐이었다.

그녀는 지금 뭘 하고 있을까.

그녀의 생각에 붉어진 눈시울을 애써 참아내고 있었다. 이불도 덮지 않은 채 모서리에 틀어 박혀서는 핸드폰으로 '자살 상담 센터'를 검색하여 아무 곳이나 전화를 마구 걸어댔다.

그렇게 몇 시간을 전화기를 붙잡고 어쩌면 인생의 마지막이 되었을지 모르는 눈물을 흘려내며 울부짖었다.

이따금 떨리는 손으로 부서져버린 정신을 주섬주섬 부여잡고서, 나는 300원짜리 펜을 들고 노트에 글을 써내려가기 시작했다.

모든 순간이 정지하려던 모텔방의 창문을 여니 다시금 해가 떠오르고 있었다.

- 시작과 끝의 순간에 서서 너의 기억을 추스르며.

우리, 조금 늦게 만났더라면

#20.
인생의 가장 큰 영광은 결코 넘어지지 않는 데 있는 것이 아니라 넘어질 때마다 일어서는 데 있다

- 넬슨 만델라

2016년 6월 10일

아무도 알아주지 않는 며칠이 그렇게 지나버렸다. 빛조차 새어들지 않는 방안의 딱딱한 침대 위에 홀로 누워 간신히 숨만 쉴 뿐이었다. 이렇게까지 무너진 내 모습을 누군가 보는 것이 두려워 어디 나갈 자신도 없었다. 그녀를 잃은 지난 세 달간, 나는 마치 죽기 위해 사는 사람처럼 보일 정도로 야위어 있었다. 이미 끝난 걸 알면서도 현실을 부정할 수밖에 없었다. 그것만이 억지로나마 쉬고 있는 숨을 유지할 유일한 길이었다.

띠리리리--- 띠리리리--
간만에 휴대폰의 벨 소리가 울렸다. 규현이 형이었다.

"네…."
"승현아, 집이냐?"
"네…."

"너 당장 나와. 형하고 술 한 잔 하자."

"저 지금…."

"조용히 하고. 얼른 나와. 상록수역으로 와라."

"네, 알겠습니다."

나는 씻지도 않은 채 마치 죄인이라도 된 것처럼 모자를 눌러쓰고, 마스크로 얼굴까지 가리고 나왔다. 날씨가 이렇게 더워졌는지도 모르고 지냈다. 맨투맨 티에 가벼운 점퍼를 입고 나왔던 나는 다시 집으로 들어가 검은색 민무늬의 반팔 티로 갈아입고 나왔다.

'시간이 벌써 이렇게 흘렀구나….'

천안에서 머물렀던 다음 날, 한숨도 잠을 못잔 채 퉁퉁 부은 얼굴로 출근한 내 모습을 본 규현이 형은 당장 내게 며칠간 쉬라고 했다. 그렇게 쉬기 시작해 벌써 3주라는 시간이 흘러 있었다. 긴 잠에서 깨어나 첫 담배를 물고 연기를 내뿜으니 다리에 힘이 풀리며 어지러움이 올라왔다. 나는 얼른 차에 올라타 시동을 걸고는 눈을 감고 어지러운 머리를 움켜쥐었다. 잠시 어지러운 머리를 진정시킨 나는 달달거리는 오래된 싼타페의 핸들을 돌려 규현이 형이 있는 상록수역으로 향했다.

새벽 1시가 넘어선 한적한 도로는 더욱 내 감성을 자극하고 있었다. 이별 노래를 들으며 그녀를 떠올리기를 반복하던 나는 곧 상록수역에 도착해 규현이 형에게 전화를 걸었다.

"형, 어디세요?"

"어, 승현아. 여기 역 앞에 상가로 오면 칠성포차 있거든? 거기로 오면 된다."

"네. 알겠습니다."

나는 근처 공영주차장에 차를 세운 뒤 그가 알려준 대로 상가를 향해 걸었다. 늦은 시간임에도 번쩍거리는 네온사인은 내 정신을 더욱 몽롱하게 만들고 있었다. 제대로 힘이 들어가지 않는 비틀거리는 다리를 억지로 움직여 오래된 건물 1층에 위치한 칠성포차 앞에 섰다. 가게는 텅 비어 있었고, 구석 자리에 그가 혼자 앉아 있었다. 그는 나를 보더니 웃는 얼굴로 맞아주었다.

"안녕하세요."

"어, 그래. 일단 앉아. 술은 마실 수 있겠어?"

"네. 조금은…."

"너 이 새끼, 몰골이 왜 이래? 누가 보면 죽을병 걸렸다 해도 믿겠다."

"하하…. 방안에만 있다 보니…."

"일단 술 한잔 받아."

형은 내게 술잔을 채워주었다. 나는 멋쩍은 듯 애써 밝은 표정으로 잔을 받았다. 고개를 돌려 한잔 들이킨 내 얼굴은 금방 벌겋게 부어올랐다.

"넌 술이 진짜 몸에 안 받는구나? 아무튼 쓸데없는 얘기는 집어

치우고… 좀 어때?"

"저야 뭐… 똑같죠. 하하…."

"형이 이제야 불러서 미안하다. 그날 너 도대체 무슨 일이 있었기에 이렇게 망가진 거야?"

"아… 그게….'

나는 천천히 그날 천안에서 있었던 일을 말해주었다. 형은 한참을 내 이야기를 진지한 표정으로 듣고 있었다. 이내 형은 내게 물었다.

"승현아."

"네?"

"힘들어?"

"네….'

"아직도 수아가 보고 싶어? 아직도 사랑하는 감정을 느껴? 걔가 아니면 안 될 것 같아?"

형의 질문에 나는 잠시 곰곰이 생각을 하고는 조심스레 대답했다.

"네."

그렇다는 나의 대답에 형은 잠시 한숨을 크게 내쉬더니 나에게 말했다.

"그럼 잡아."

"잡아 봤는데⋯. 잡히지가 않네요⋯."

"죽을 만큼 힘들었어?"

"네⋯."

"죽을 만큼 힘들어했으면서, 죽을 만큼 잡아는 봤어?"

그의 한 마디에 나는 정신이 번쩍 들며 온몸에 소름이 돋았다. 그의 한마디는 내게 큰 깨달음을 얻게 해주었다. 그가 말한 대로, 내가 지금껏 몸부림쳤던 것은 그저 나 혼자 가슴앓이 한 것뿐일지도 모른다. 그녀의 마음을 돌릴 방법에 대해서는 진지하게 고민조차 해보지 않은 채, 그저 그녀에게 보고 싶다며 어린아이처럼 찡찡대는 꼴이었을지 모른다. 점차 그런 내 모습이 부끄러워지기 시작했다.

"아니요."

"그럼 네 자존심 다 버리고 미친 듯이 잡아. 포기할 수 없는 인연이라면 남자가 그 정도 각오는 있어야지, 새끼야."

"형."

"왜"

"감사합니다⋯."

"담배 하나 필까?"

"네!"

나는 형과 함께 가게 앞으로 나서서 담배 한 개비를 태우기 시작했다. 그는 옆에서 담배를 피우며 축 처진 내 어깨를 보더니 한쪽 팔을 높게 들며 내게 말했다.

"이리 와, 새끼야."

그는 한 손으로 내 어깨를 감싸주며 내게 위로를 건네주었다. 무섭다고만 생각했던 그에게 이런 면이 있으리라고는 생각지 못했다. 나는 가슴이 벅차올랐다. 그의 무심한 듯 따뜻한 한마디가 큰 용기를 준 것이다. 가슴속 한 편에서 무언가 꿈틀거리기 시작했다. 그녀를 위한 나의 사랑이 다시 한번 빛을 발할 수 있을 것만 같았다. 지금껏 죽어 있었던 나의 세상에 다시 한번 숨을 불어넣을 수 있을 것만 같았다. 나에게 희망이 생긴 것이다. 내 주변의 모든 것이 다시금 숨을 쉬며 본연의 색을 되찾고는 역동적인 움직임을 보여 줄 것이라는 희망 말이다. 이내 나는 속으로 다짐했다.

'나는 널 잡지 않을 거야. 널 다시 데려올 거야.'

그리고 나는 그날 이후로, 매일매일 그녀 없는 하루가 어땠는지, 나의 심정은 어떻게 변해가고 있는지 짧은 편지 형식으로 일기장에 써 내려가기 시작했다.

2016년 6월 11일 토요일

안녕 수아야. 우리가 헤어진 지 어느덧 2개월이 넘는 시간이 흘렀네. 오늘부터 너에게 하루하루 편지를 쓰면서 내 하루는 어땠는지, 네 생각이 떠오르지는 않았는지 적으면서 우리의 이별을 추억하려해. 이 일기는 얼마 지나지 않아 너에게 전달되겠지만, 그날의 네가 어떤 표정을 짓고, 어떤 감정을 공유하게 될지는 나도 잘 모르겠어.

이 몇 줄짜리 짧은 편지가 우리 사이를 다시금 이어주는 계기가 되든, 이 편지를 마지막으로 우리의 이야기가 진정으로 막을 내리든 상관은 없어. 그저 네가 없는 내 삶을 너에게 공유하고, 서로에게 평생 다시는 없을 추억으로 자리했으면 좋겠어.

내가 너에게 했던 말 기억하니? '언젠가 너를 기억하는 곡을 쓸게.'라는 말. 나는 앞으로 몇 년이 걸리든 그 약속을 꼭 지키고 싶어. 내가 능력이 부족해 곡을 못 쓰게 되더라도 말이야. 그 방법이 어떤 노래의 가사가 되었든, 우리를 추억하는 소설책이 되었든 나는 최선을 다해 노력할 거야. 내가 너에게 이 일기장을 전달해주는 순간이 진정 우리의 마지막 장면으로 남더라도, 내가 펼쳐낼 이야기가 너에게 닿는다면 우리 한 번쯤 서로를 떠올려 보자. 순수했던 그 시절 우리의 이야기를….

2016년 6월 12일 일요일

오늘 아침도 역시나 네가 내 곁에 없음을 느끼는 걸로 시작이 되었어. 3년이라는 시간 동안 쌓은 정이 이리도 무서운가 봐. 하루는 우리의 이별을 뼈저리게 후회하고 아파하면서도, 어떤 하루는 또 거짓말처럼 현실을 부정하게 되더라. 그런 시간을 보내면서 널 많이도 잡아보고, 때로는 스토커처럼 네가 있는 천안까지 찾아가기도 하고, 참 어린애처럼 굴었던 것 같아. 그런 내 모습을 너는 얼마나 나를 한심하게 봤을까? 우리의 시작이 아름다웠던 만큼, 우리의 이별을 남자답게 받아들이지 못한 점은 내가 진심으로 너에게 사과하고 싶어. 내가 없는 너의 하루는 어떠니? 너도 나처럼, 우리의 지난 시간을 가끔은 그리워하니? 오늘따라 네가 더 보고 싶다. 어제 그랬던 것처럼….

2016년 6월 13일 월요일

　오늘은 우리가 함께 듣던 부활의 '소나기'를 들었어. 너도 이 노래는 습관처럼 기억하겠지? '한참 피어나던 장면에서 넌 떠나가려 하네'라는 가사가 오늘따라 왜 이리 가슴 아프게 들려오는지 모르겠다.

　돌아보면 참 아쉬운 인연이었던 것 같아. 우리는 어딜 가도, 무엇을 해도 하늘이 내린 인연이라 할 만큼 찰떡궁합이었지. 때로는 서로의 엉덩이를 찌르는 장난을 치며 깔깔대기도 했고, 때로는 그 누구보다 뜨겁게 사랑을 나누기도 하고, 또 어떤 날은 토라져 서로의 마음에 상처도 주고 말이야…. 지나 보면 내가 이런 사랑을 다른 누군가와 또 할 수 있을까 하는 생각이 들어. 그런 생각이 들 때면 나는 '아니'라고 단정을 짓곤 해. 우리의 만남은 꽤나 어린 나이에 이루어졌고, 그만큼 순수한 시절에 나눈 사랑은 평생 지우지 못할 기억을 남기겠지.

　다만, 아쉬운 것은 우리가 결혼을 약속하기에는 너무 이른 나이가 아니었나 싶어. 서로 철없는 고등학생 시절에 만나 이제야 꽃다운 20대 초반을 보내고 있으니, 이 짧은 청춘을 얼마나 즐기고 싶겠어. 어린 마음에 이 남자 저 남자, 이 여자 저 여자 다 만나보고 싶은 건 누구나 성장하며 어쩔 수 없이 겪는 과정일 텐데 말이야. 그런 마음 하나 이해해주지 못하고 '집착'이라는 마음을 '사랑'이라는 단어로 포장해서는 널 가둬두고 있었는지도 몰라. 그런 생각을 하고 나니 이런 생

우리, 조금 늦게 만났더라면

각이 떠오르더라.

'우리, 조금 늦게 만났더라면 어땠을까…?'

2016년 6월 14일 화요일

　오늘은 길거리를 거닐면서 한 커플을 보았어. 둘은 사랑을 시작한 지 얼마 되지 않았는지 손만 잡은 채 아무런 말 없이 그저 걷고만 있더라. 우리도 그들과 다르지 않던 시절이 있었지? 함께하는 모든 게 낯설고, 어떤 말을 꺼내야 할지도 모른 채 그저 한없이 길거리를 걷던 그런 시절 말이야. 지금 우리는 그때와 조금은 다른 의미로 모든 게 낯설지. 너에게 어떤 말을 건네야 할지 모르겠어. 우리가 어쩌다 이렇게 서로에게 한마디 건네기조차 어려운 사이가 되어버린 걸까? '실연당한 사람의 뇌는 마치 그에게 사랑을 고백하지 못해 안달이 난 첫 만남의 뇌 상태를 경험한다.'라는 말이 오늘따라 깊이 와닿는구나. 너와 함께한 오랜 시간을 대변하듯, 안산의 어떤 거리를 가도 네 기억이 따라다녀서 솔직히 조금 견디기 버거워. 우리 첫 만남을 떠올리니 나도 모르게 눈물이 나올 것만 같아서 오늘은 이만 쓸게. 오늘도 산더미 같은 과제로 정신없는 하루를 보내고 있을 너를 뒤에서 묵묵히 응원하고 있을게.

2016년 6월 15일 수요일

　어제 비가 와서 일교차가 컸던 탓인지 그만 감기에 걸리고 말았어. 자꾸 열이 오르네. 이런 와중에도 네 걱정을 하는 내가 참 바보 같

아. 어제 네가 있던 천안의 날씨는 어땠니? 혹시 너도 나처럼 감기에 걸려 고생을 하고 있는 건 아닌지 걱정이 되네….

우리가 처음 사랑을 나누던 그날도 비가 왔지. 아파트 옥상에서 초라한 하룻밤을 보내고 해가 뜨고 나서야 함께 우산을 쓰고 버스 정류장을 향해 걸었잖아. 버스에 올라타던 너는 나를 바라보며 물었어. '오빠한테 나는 어떤 사람이야?'라고. 그때 나는 어색한 듯 '여자친구'라고 대답했지. 아직도 그 정류장에는 어떤 설렘이 피어오르고 있을까?

2016년 6월 16일 목요일

이렇게 매일 매일 너에게 편지를 쓰다 보니 이제야 조금은 마음이 정리가 되는 듯해. 지금껏 하루 종일 떠오르는 네 생각에 2달을 넘게 몸부림쳤는데, 그동안 나의 마음이 너무 지쳐 있었던 탓인지, 아니면 이 지긋지긋한 고통에 무뎌져 가는 건지, 편지를 쓰며 이별을 이제야 실감을 하게 되어가는 건지 알 수는 없지만, 이제 뭔가 자신이 조금 붙은 것 같아. 이 편지를 마지막으로 네가 돌아오지 않는다면 나도 이제는 맘 편히 널 놓아줄 수 있을 것 같다는 자신감 말이야. 물론 그 자신감이 얼마나 버틸지는 모르겠지만 어떻게든 하는 데까진 노력을 해봐야 하겠지. 돌아오지 않을 너를 붙잡고 언제까지나 괴롭힐 수는 없으니 말이야.

누군가 내게 그러더라. 진정 사랑하면 보내줄 줄도 알아야 한다고. 이렇게 나는 너에게 사랑을 배웠고, 또 이별을 배워가는 거겠지. 너와 함께하는 그 모든 시간 동안 그저 한없이 부족한 남자였다는 것

우리, 조금 늦게 만났더라면

에 다시 한번 용서를 구할게. 다만 너를 사랑하는 마음만큼은 그 어떤 남자보다 한결같았음을 알아줬으면 좋겠다.

2016년 6월 17일 금요일

오늘은 예전에 다니던 실용음악 학원을 다녀왔어. 오랜만에 가니 원장님께서 반겨주시더라. 너에게 마지막이 될지 모르는 의미 있는 선물을 해주고 싶어서 다녀왔어. 오늘 너에게 들려줄 노래야. 김연우의 '내가 너의 곁에 잠시 살았다는 걸'이라는 노래를 직접 녹음하고 왔어. 무슨 노래인지 알지? 우리, 노래방을 자주 다니곤 했지. 어쩌면 오늘 들려줄 이 노래가 네게 불러주는 마지막 노래일지도 모르겠구나. 그렇게 생각하니 한편으로 씁쓸한 마음이 드네. 녹음을 하다 보니 정말 이제는 마지막이라는 생각이 들더라.

우리 수아 오늘 공강이지? 안산 올라올 텐데, 조금 이따 보자. 앞으로는 네 얼굴을 못 보게 될 수도, 대화조차 나누지 못하게 될 수도 있으니까 나 마지막으로 너에게 하고 싶은 말 한마디만 적을게. 정말 마지막이 되더라도 후회 남지 않도록.

'수아야, 사랑해. 그리고 사랑했어. 조금 이따 보자. 안녕…'

2016년 6월 17일 새벽 4시

나는 그녀를 생각하며 쓴 일기장과 녹음본이 담긴 USB를 챙겨들고 싼타페의 시동을 걸었다. 평소와는 조금 색다른 기분이 들었다.

나는 이내 마음을 단단히 먹고 심호흡을 크게 내쉬었다. 그리고 무언가 큰 결심을 한 듯 눈을 부릅뜨고 그녀의 집으로 향했다. 오늘을 위해 면도도 하고, 머리도 자르는 등 오랜만에 깔끔한 옷차림으로 집을 나섰다.

시간이 너무 늦은 탓에 그녀가 자고 있지는 않을까 조금은 걱정이 되었지만, 나는 그녀가 자고 있지 않을 거라고 굳게 믿었다. 그저 느낌이 그랬을 뿐이다. 오늘만큼은 하늘이 나를 도와주기를 바라며 그녀가 있는 곳으로 향한 오래된 싼타페는 곧 그녀의 집 앞에 다다랐다.

나는 다시 한 번 숨을 가다듬고, 결심한 듯 그녀에게 전화를 걸었다.

"여보세요?"

"박수아, 집이야?"

"응…? 뭐야, 왜?"

"나와. 줄 거 있으니까. 잠깐이면 돼."

"응…? 뭔데…?"

"일단 나와. 너희 집 앞이야."

평소에 그녀를 대하던 따뜻한 나의 말투와는 정반대로, 내 목소리에는 절제된 감정의 차가움이 실려 있었다. 그녀는 평소와 다른 내 말투에 크게 당황했는지 더 이상 무엇도 묻지 않고 잠옷을 입은 채 집을 나와 내 앞에 모습을 드러냈다.

우리, 조금 늦게 만났더라면

그녀가 없었던 긴 시간을 떠나보내고 이렇게 오늘 그녀를 다시 마주했다. 서로에게 어색한 미소를 건네며 보조석에 그녀를 태우고 는 낡은 핸들을 잡았다. 그 순간, 세상의 모든 것이 아직 살아 숨 쉬고 있다는 것을 느끼며, 그녀에게 말을 건넸다.

"오랜만이네?"
"뭐야, 오늘 왜 그래?"
"별 건 아니고, 꼭 주고 싶은 게 있어서 불렀어. 일단 반월 저수지 로 가자."

나는 그녀가 항상 나와 가고 싶어 했던 반월 저수지로 향했다. 그 녀의 집에서 차로 10여 분밖에 걸리지 않는 가까운 저수지였지만, 몇 번 간 후에는 귀찮다는 핑계로 그녀의 부탁을 못 들은 척 하기 도 했다. 그런 사소한 그녀의 부탁조차 들어주지 않았던 내가 원망 스러워졌다.

그녀를 태운 차는 인적조차 없는 논밭 옆에 깔린 포장도로를 따 라 곧 저수지에 도착했다. 단 한 번도 그녀가 좋아했던 반월 저수지 를 아름답다고 생각한 적이 없었지만, 오늘 이렇게 그녀와 함께 찾 은 반월 저수지는 밤하늘의 고요한 별빛을 오롯이 담은 채 영롱히 빛나며 나를 매료시키고 있었다. 저수지 길을 따라 몇 분을 더 들 어간 나는 저수지가 잘 보이는 곳에 차를 세우고, 그녀에게 말을 건 넸다.

"참 바보 같지? 네가 그렇게 함께 가자고 했던 반월 저수지를 이 제야 데리고 오니 말이야."

떨리는 목소리로 그녀에게 말을 건넨 나는, 학원 스튜디오에서 직접 불러 녹음한 김연우의 '내가 너의 곁에 잠시 살았다는 걸'을 들려주었다. 순간, 그녀의 어두운 눈망울이 흔들렸다.

"하나 더 있어. 최근 일주일간 네가 없는 하루하루를 보내며 내가 느낀 감정을 매일매일 일기장에 써서 가져왔어. 이제 네가 간직해주었으면 해. 한 번 읽어봐."

그녀는 일기장을 펼쳐 10여 초를 보더니 일기장을 닫고 고개를 떨군 채 더 이상 읽지 못했다. 분명 울음을 참고 있었다. 그런 그녀에게 나는 부드러운 목소리로 말했다.

"내가 있으니까 읽기 힘들지? 나 잠시 차에서 내려줄 테니까, 혼자 읽고 있어."

나는 잠시 차에서 내려 자리를 비켜주었다. 차에서 내린 나는 그녀의 반응이 어떨까 하는 초조한 마음에 담배 한 개비를 꺼내 입에 물었다. 아직 조금은 추운 새벽 날씨에 몸을 떨며 숨죽여 그녀가 일기를 모두 읽고 내게 말을 건네기를 기다리고 있었다. 차를 등지고 저수지를 바라보며 담배를 태우기 시작한 지 1분도 채 되지 않아 차 안에서는 흐느끼는 듯한 울음소리가 터져 나왔다. 그녀의 마음을 돌리는 데 성공한 것일까? 하는 마음에 심장이 요동치기 시작했다.

우리, 조금 늦게 만났더라면

하지만 나는 그녀가 혼자만의 시간을 가질 수 있도록 10여 분을 밖에서 더 기다려주었다. 그 후 그녀가 있는 보조석 문을 열었을 때, 그녀는 고개를 푹 숙이고 일기장에 눈물을 떨어뜨려 적셔내며 흐느끼고 있었다. 그리고 나는, 조용히 그녀의 머리를 쓰다듬어주고는 안아주었다.

"울지 마. 내가 많이 미안해."

오늘 나는 지난날 나를 붙잡으며, 나 없이는 못 산다며 울음을 터뜨리던 그녀의 눈빛을 다시 보고야 말았다.

'신이시여, 그녀의 눈물을 지켜보는 건 지난날 제가 버텨온 그 어떤 시련보다 고통스럽습니다. 부디 제가 그녀를 세상 어떤 여자보다 행복하게 만들어줄 수 있는 기회를 주세요.'

속으로 그렇게 생각하고는 그녀에게 말했다.

"나는 이제 널 잡지 않을 거야. 다만, 널 다시 데려올 거야."

#21.

어느새 우리는 멈춰 있었다
그러나 세차게 몰아치는 소낙비만은
그러하지 못했다

- 임승현, 작가

2016년 7월 1일

그로부터 2주라는 시간이 흘렀다. 그날 이후로 나는 그녀에게 어떤 연락도 보내지 않았다. 연락을 보내지 않은 것은 그녀 또한 마찬가지였다. 우리는 서로 그렇게 마지막을 그녀의 눈물로 장식하고 각자의 삶에 적응하며 버티고 있었다. 그날 이후로 그녀가 어떤 생각을 하고 있는지, 나에게 어떤 감정을 느끼고 있는지에 대해서는 전혀 알 방법이 없었다. 그녀 또한 마찬가지였을 것이다.

나는 저번 주부터 다시 성인 게임장에 출근하기 시작했다. 출근하는 나의 손에는 박카스와 카페모카 한 잔이 들려 있었다. 박카스 두 병으로는 피로를 채우기에 모자랐는지, 어느 순간부터는 커피까지 함께 마시고 있었다. 초점 잃은 눈동자는 변함이 없었지만, 그녀에 대한 생각을 1퍼센트라도 떨어냈는지, 다행히 일하는 시간을 버텨낼 기운은 남아 있었다.

오늘도 그렇게 하루를 마치고 집에 도착한 나는 일을 언제까지

우리, 조금 늦게 만났더라면

할지에 대해 고민 중이었다. 앞으로 입대까지 두 달밖에 남지 않았기 때문이다. 한 푼이라도 더 모으기 위해 입대 전날까지 일을 할지, 한 달 정도 여유를 두고 충분히 놀다가 입대를 할지 고민이었다. 한참을 고민하고 있는데 갑자기 벨 소리가 울리기 시작했다. 내게 전화를 걸어온 사람은 전혀 예상치 못한 사람이었다.

바로 수아였다.

"오빠…?"
"뭐야? 웬일이래? 먼저 전화를 다 하고?"

그녀의 목소리가 떨리고 있었다. 그녀의 목소리에서 느껴지는 작은 떨림까지 느낀 나는 일부로 더욱 퉁명스럽게 대답했다.

"뭐해? 혹시 바빠…?"
"아니, 누워 있어. 왜?"
"혹시 안 바쁘면 좀 만날까? 내가 갈게."
"그러던지."
"알겠어. 금방 갈게."

30분 뒤 도착했다는 그녀의 전화를 받은 나는 얼른 집 밖으로 향했다. 그녀가 이렇게 나를 찾아온 것은, 분명 그녀의 마음이 흔들렸다는 뜻이다. 내 가슴은 머리보다 그녀를 잘 알고 있었다. 나는 계단을 내려가며 최대한 침착함을 유지하려 노력했다. 이런 상황일수록 나는 이미 그녀를 마음속에서 정리했다는 듯한 모습을 보여주어야 그녀의 마음이 더욱 안달 날 테니 말이다. 내가 그녀와의 이별에서 배운 게 있다면, 사랑이란 절대 수평적인 관계가 아니라는 것이다. 사랑이란 관계는 어느 한쪽의 마음이 멀어질수록 수직적인 관계가 되어버린다. 상대를 향한 마음이 걷잡을 수 없이 커질수록, 감추는 법을 더 알아가야 하는 것이 사랑이다.

1층 공동 현관을 나서자 그녀의 뒷모습이 보였다. 처진 어깨로 나를 기다리는 초라한 그녀의 모습은 최근의 내 모습과 닮아 있었다. 나는 무심히 땅만 쳐다보고 있는 그녀에게 먼저 말을 건넸다.

"종강했어?"

그녀는 깜짝 놀란 표정으로 뒤돌아서며 대답했다.

"뭐야 놀랐잖아…"
"놀라긴 무슨. 커피나 마시러 가자. 차에 타."

나는 그녀를 보조석에 태우고 근처 편의점에 들러 아메리카노 한 잔과 카페모카 한 잔을 사 왔다.

"오빠는 여전히 카페모카구나."
"난 아메리카노는 못 마셔. 애 입맛이라."
"애 입맛인 건 아나 보네?"
"혼날래? 나 놀리려고 만나자 한 거야?"

"'혼날래?'라는 말, 오랜만에 들어보네."

그녀의 입가에 어색한 미소가 번지기 시작했다.

"근데 왜 만나자고 한 거야?"
"이제는 연락이 안 오길래 죽었나 해서 걱정돼서 와봤다, 왜."
"뻥치시네. 보고 싶어서 왔으면서."
"아니거든!"

나와 그녀 사이에 흐르던 어색한 공기는 서로에게 툭툭 던지는 장난스러운 농담에 점차 누그러져 가고 있었다. 하지만 어색한 장난도 잠시, 나는 그녀에게 일침을 놓았다.

"너, 나한테 할 말 있지?"

그녀는 당황한 듯 잠시 고민을 하더니 내게 말했다.

"아니야…"
"거짓말하지 마. 내가 너 한두 번 봐? 할 말 있으면 빨리 말해봐."
"아니래도…"
"말 못하겠으면 술 한잔하던지."
"오빠 운전해야 되잖아."
"주차해놓고 택시 타고 중앙동으로 가면 되지. 가자."
그녀는 분명 내게 하고 싶은 말이 있었지만, 쉽사리 할 수 없었던 모양이다. 그녀의 눈빛만 보아도 그 사실을 알 수 있었다. 내게 할 말이 있는지, 내게 무슨 말을 하려는지까지 말이다. 다만 모르는 척할 뿐이었다.

우리는 곧 택시를 타고 중앙동으로 향했다.

"어디서 마실까?"

"오빠는 어디 가고 싶은데?"

"조용한 데가 낫지 않아? 룸 술집으로 갈까?"

"그게 낫겠다."

우리는 바로 근처 2층에 위치한 룸 술집으로 향했다. 창가 자리에 위치한 2번 방에 앉은 우리는 소주 한 병과 오코노미야키를 주문했다.

나는 말 없이 눈을 피하는 그녀를 쳐다보았다. 오늘도 그녀는 아름다웠다. 다른 곳을 쳐다보는 그녀의 모습은 고결한 여신 같은 아름다움으로 이별의 아픔에 떨어온 나를 위로하는 듯했다. 그렇게 침묵의 시간이 지나고 주문한 술과 안주가 나왔다. 나는 그녀의 잔을 채워주었고, 그녀는 빠른 템포로 술을 들이키기 시작했다.

"뭘 그리 빨리 마셔. 천천히 마셔. 그러다 취하겠다."

"……"

그녀는 대답 없이 내 눈을 쳐다보기 시작했다. 나는 그런 그녀의 눈빛을 피하지 않고 부릅뜬 채 쳐다보았다. 그러자 그녀는 다시 고개를 숙였다.

"오빠, 화났어…?"
"아니, 왜?"
"왜 그렇게 무섭게 쳐다봐…?"
"그냥."

나는 더욱 그녀를 몰아세우고 있었다. 나는 그녀에게 눈빛으로 말하고 있었다. 내가 그토록 너에게 애원할 땐 매몰차게 뒤돌아서 더니, 왜 이제 와서 나에게 약한 모습을 보이냐고. 그런 의미를 담은 나의 눈빛이 그녀를 주시하고 있었다. 분명 그녀도 내 눈빛의 의미를 알아챘을 것이다.

이미 취기가 오르기 시작했는지 그녀의 얼굴이 붉게 물들어 있었다. 그녀는 한참을 고개를 떨구고 있다가 들고는 나의 눈을 똑바로 응시하기 시작했다. 그녀의 눈빛엔 과거에 대한 여러 감정이 뒤섞여 있었다. 나 또한 그녀의 눈빛을 알아챘다. 그녀는 말보다 눈빛으로 내게 많은 이야기를 공유하고 있었다. 하지만 그녀를 향한 내 눈빛은 더욱 차가워지고 있었다.

이내 그녀의 눈이 시뻘겋게 충혈되기 시작했고, 얼마 지나지 않아 갑자기 그녀의 눈에서 눈물 한 방울이 흘러 내렸다. 시작된 눈물은 끝을 모르고 터져 나오기 시작했다. 그런 그녀의 모습을 본 나의 가슴이 찢어지기 시작했지만, 나는 그녀를 더욱 차갑게 대했다.

"왜 우는데?"

"……"

"왜 우냐고."

"…미안해…. 오빠…."

"뭐가?"

매섭게 하늘 위를 맴도는 매와 같은 눈빛으로, 그녀의 눈을 응시하며 내가 대답했다. 순간 그녀의 눈에서 참아왔던 눈물이 채 내리지 못했던 세상의 모든 빗방울과 함께, 멈추었던 시간이 다시 돌아가듯 쏟아지기 시작했다. 그녀의 마음을 읽은 나는, 겨우내 참아왔던 기지개를 켜며 꽃을 만개해내던 그날의 봄기운처럼 따스히 그녀를 안아주었다. 그리고는 그녀의 귓속에 속삭였다.

"울지 마. 괜찮아. 다 알아."

한참 동안 그녀를 달래준 나는 그녀의 울음이 그치고 나서야 아무런 말 없이 술집을 빠져나왔다. 계단을 내려가는 나에게 그녀가 말했다.

"오빠, 이제 어디 갈 거야?"

"집 가야지."

"나는 가기 싫어."

"따라와, 그럼."

나는 그녀를 데리고 주변의 모텔로 향했다. 그녀는 아무런 말 없

우리, 조금 늦게 만났더라면

이 나를 따라오고 있었다. 시간은 어느새 새벽 4시를 넘어서고 있었고, 숙박비를 결제한 나는 카드키를 받고 그녀와 함께 방에 들어섰다. 항상 그녀와 함께하던 모텔방에 다시 그녀와 함께 들어왔다는 생각에 숨을 크게 들이쉬었다. 방 안에서 느껴지는 모텔방 침구류에 베인 표백제 향은 천안에서의 그것과는 다른 느낌으로 내게 다가왔다.

나는 곧 그녀와 함께 침대에 누웠다. 그녀는 내게 안겨서는 그 어느 때보다 편안한 표정으로 나를 바라보았다. 그리고 나는 그녀에게 말했다.

"내가 말했지. 널 다시 데려올 거라고."

"미안해…. 내가 뭐라고…."

"이렇게 껴안고 있으니 얼마나 좋아. 우리가 굳이 모든 고통을 끌어안고 헤어질 필요가 뭐가 있겠어? 앞으로는 서로의 곁에서 행복하기만을 응원하자. 지금 당장은 어색하고 어려울지 몰라도, 내가 노력할게."

그리고 나는, 서서히 그녀의 목덜미에 키스를 하고는 그녀의 옷가지를 벗겨나가기 시작했다. 그녀는 금방 달아올라 나에게 몸을 맡겼고, 침대는 땀으로 뒤섞여 젖어가기 시작했다. 그렇게 4개월이라는 공백기를 가진 우리는 마침표를 찍을 것만 같던 소설을 다시금 써 내려가기 시작했다. 꽃가루가 흩날리는 어느 봄날의 밤처럼, 여기저기 우리의 사랑이 다시 흩날리며 순간의 정적마저 분홍빛으로 물들어가기 시작했다.

우리 지금, 다시금 함께 할 수 있는 이 모든 시간이 하늘이 내린 선물이든, 서로가 만들어낸 결과물이든, 그 원인에 연연치 않고 그저 한없이 감사하며 서로에게 최선의 모습이 되어주기를. 따사로이 햇살 들어오는 어느 아파트 베란다에 피어있는 화분 속 꽃보다, 메말라 갈라진, 온통 메마른 자갈밭이 펼쳐져 있는 척박한 땅에 간신히 피워낸 꽃 한 송이가 더욱 소중하듯이.

우리, 조금 늦게 만났더라면

너는 내가 읽은 가장 아름다운 구절이다

- 이현호, 시인

2016년 8월 30일 화요일, 입대까지 일주일 전

떠나보낸 사랑은 끝이다. 허나, 떠나보낸 모든 사랑이 끝은 아니다. 때로는 한 번, 두 번, 세 번째 보고 나서야 진정 그 깊이를 알 수 있는 영화가 있듯, 우리는 그런 영화의 한 장면이었기를. 기적처럼 다가온 너라서. 아니, 기적으로 다가온 너라서.

그녀와의 재회는 어느 영화의 한 장면이라 해도 믿을 만큼 갑작스럽고, 아름다웠다. 한 순간의 잘못된 판단으로 인해 그녀를 떠나보낸 나는 죽음의 문턱까지 가서야 진정으로 그녀의 소중함을 깨달았다. 지금껏 짧은 인생을 살아오면서 처음으로 한 여자에게 모든 사랑을 쏟아보았고, 끝이 보이지 않는 나락 속으로 떨어지기도 했다. 마지막 꿈인 것처럼 다가왔던 이별이 결국 막을 내리고 만 것이다.

주변 사람들은 우리가 재회하게 된 이야기를 듣고 박수를 아끼지 않았다. 나의 절망이 땅 속 어느 끝까지 닿았건, 그녀의 마음이 하늘 위 어디까지 닿았건, 결국 서로의 노력이 없었다면 다시는 없었을 재회를 결국 이뤄냈기 때문이다. 지난 한 달간 우리는 지난 시간 동안의 부재를 채우기 위해 지난 3년간 보내온 그 어떤 시간보다 뜨겁게 사랑했다. 다시는 고통 속에 몸부림 치던 시간으로 돌아갈 자신이 없기 때문일지 모른다.

입대까지 일주일이 남은 오늘, 나는 그녀와 입대 전 마지막 추억을 쌓기 위해 해운대로 여행을 떠나기로 했다. 얼마 전 뼈저린 그녀의 부재를 느끼며 고통에 몸부림쳤던 해운대 말이다. 그녀와 단 한 번만이라도 가보고 싶었던 해운대로 여행을 떠나는 날이 다가왔다는 사실이, 그녀와의 사랑이 다시금 불타오를 수 있다는 사실이 믿겨지지 않는다.

며칠 전, 나는 그녀와 함께 피시방에서 해운대에 위치한 호텔을 예약하며 함께 설렘을 나누었다. 정말 그 어떤 말로도 표현할 수 없었다. 그저 꿈만 같았다. 다시는 할 수 없을 것만 같던 그녀와의 장난은 내 머릿속 깊이 박혀 평생 추억하게 될 것이다.

나는 아침 일찍 시외버스 터미널에서 그녀를 만났다. 얼마 전 천안으로 향했던 그 시외버스 터미널 말이다. 그때의 터미널과는 느낌이 사뭇 달랐다. 모든 사람이 행복해 보였고, 활짝 피어있는 내 마음 또한 그러했다. 나는 그녀의 손을 잡고 해운대로 향하는 버스에 올랐다. 그녀와 함께 자리에 앉아서는 해운대행 티켓의 사진을 찍고 규현이 형에게 보냈다. 얼마 지나지 않아 규현이 형은 누구보다 나를 축하해주었다. 누구보다 우리의 이별에 대해 진지하게 들어주었던 형에게 끝없이 감사한 마음이 들었다.

곧 버스에 시동이 걸렸다. 그녀와 나는 창밖을 바라보며 대화를 나누고 있었다. 얼마 지나지 않아 버스는 경부고속도로에 올라탔고, 그녀를 만나기 위해 수없이 드나들었던 길을 지나치고 있었다.

"수아야, 여기가 내가 맨날 다니던 길이야."

"어떻게 이 먼 길을 그렇게 왔다갔다 난리를 쳤어? 진짜…."

"진짜 제정신이 아니었거든."

"고마워, 오빠."

몇 번을 표현해도, 다른 방법으로 표현하려 해도, 그저 꿈만 같다는 말밖에는 지금 이 순간을 기록할 방법이 없을 것이다. 다만 마음속 깊이 걸리는 점은, 그렇게 지옥 같은 시간을 견뎌낸 우리가 지금 이렇게 함께 할 수 있는 시간이 너무 부족하다는 것이다. 이렇게 재회한 만큼, 입대 전 서로의 사랑이 안정을 되찾을 수 있도록 조금만 더, 아주 조금만 더 충분한 시간이 주어졌다면 좋았을 텐데 말이다. 정말 다시는 그때의 시간으로 돌아갈 자신이 없다. 그게 내 머릿속 한편 자리 잡은 최대의 고민거리였다. 이렇게 행복한 시간을 보내고 있으면서도, 한편으로는 군 입대 때문에 다시금 그녀를 보내게 되는 것이 아닐까 걱정이 되기도 했다.

우리를 태운 버스는 5시간을 달려 해운대에 도착했고, 우리는 택시로 갈아 타 호텔에 도착했다. 입대 전 그녀와 정말 소중한 추억을 만들기 위해 큰마음 먹고 예약한 호텔은 그야말로 장관이었다.

221
___

로비를 메우고 있는 샹들리에, 웅장한 내벽을 장식하는 여러 장식물과 온통 대리석으로 된 인테리어는 우리를 압도하기에 충분했다. 최고급 호텔 직원의 서비스를 받으며 객실에 짐을 푼 나는 잠시 침대에 누워 그녀와 사진 몇 장을 찍었다.

"오빠 여기 진짜 대박이다…. 와…. 어떻게 이래?"
"돈 많이 벌어야겠구나 싶네. 내가 꼭 나중에 돈 많이 벌어서 수아 이런 경험 많이 시켜줄게."
"갑자기 생각이 난 건데 말이야, 오빠. 내가 오빠랑 헤어졌을 때 동아리 선배랑 기아 자동차 매장을 갔는데, K7을 일시불로 구매하셨어. 대박이지? 나도 그때 돈 많이 벌어야겠구나 하고 느꼈지!"
"웅? 네가 거길 도대체 왜 같이 가?"
"어쩌다보니 그냥. 고민 중이라고 같이 가자고 해서 갔지."

나는 순간 그녀의 말에 자격지심을 느꼈다. 대학을 다니기 시작한 그녀의 주변에는 화려한 남자들이 많이 생긴 것 같았다. 동아리 회장부터 학생회장, 심지어 대학생이 K7을 일시불로 구매하기까지…. 가진 거라곤 입대 영장밖에 없는 나로서는 자격지심을 느끼지 않을 수가 없었다. 하지만 또 이런 일로 그녀와 싸우고 싶지 않아 나는 말을 돌렸다.

"나는 우리 수아랑 결혼하면 커플카로 벤츠 사줄 건데!!"
"와…. 벤츠…. 상상만 해도 행복하다. 나도 우리 오빠 벤츠 사주려면 열심히 살아야겠다."

"우리 진짜 열심히 살자. 수아야, 내가 더 열심히 살게. 걱정 마!"

아름다운 그녀와 함께 짧은 대화를 나눈 나는 그녀를 데리고 호텔 근처에 위치한 전통시장에 들러 이것저것 주전부리를 사 먹으며, 어쩌면 우리의 앞날에 다시는 없었을지도 모르는 추억을 함께 만들어가고 있었다. 지난날은 가슴에 묻으면 그만이다. 한 여자를 사랑함에 있어 따라오는 나의 고통쯤은 스스로 감내하며 이겨낼 줄도 알아야 하는 법. 그것이 남자의 사랑이다. 나를 괴롭히던 지난 시간은 그녀가 모르는 깊은 바다 속에 묻어둔 채, 나의 모자랐음을 인정하며 더 높은 사랑을 위해 나아가야 한다. 그런 길을 함께 동행해주는 그녀에게 무한한 사랑을 바침으로써, 나의 사랑은 더욱 빛을 발할 것이다.

얼마 지나지 않아 해변에는 달이 차올랐고, 우리는 해변을 걸으며 이야기를 나누고 있었다. 그녀는 갑작스레 자신의 왼팔로 내 어깨를 감쌌다.

"뭐야? 수아야, 왜 그래?"
"뭐가?"
"내 어깨 감싸면서 걷는 거 처음인데…?"
"사람들 보라고."
"뭘?"
"내 남자라는 거."
나의 오늘이 흘러가면, 성숙하지 못한 나의 시절이 지나 그렇게 나의 오늘이 흘러가면 그녀의 세상을 채워줄 수 있는 남자가 되어 갈 수 있기를. 우리 때로 잠 못 이루는 시련이 찾아 올 때면, 몸부림치며 극복해온 지난 세월을 떠올리며 지혜로이 건널 수 있는 강이 되어주기를.

우리, 조금 늦게 만났더라면

#23.
지독한 사랑은 곧 끝을 보여내고 말지만,
언제나 나의 가슴은 그녀에게 봄을 선물하기를
소망하며

2016년 9월 5일 월요일

입대를 앞둔 마지막 날, 짧게 깎은 까슬까슬한 머리를 하고서 긴장되는 마음으로 그녀를 맞이했다. 초라한 내 모습을 보고 그녀의 마음이 떠나지 않을까. 사소한 걱정에 조마조마하며 그녀의 얼굴을 마주했다.

"뭐야? 머리 왜 이래? 귀여워 죽겠다. 만져도 돼?"

이내 그녀는 내 머리를 보더니, 머리를 쓰다듬으며 나를 안아주었다. 참으로 다행이었다. 사실 우리는 1,000일이 넘는 시간을 함께했고, 이별이라는 시간을 가진 뒤 다시금 함께하고 있기에 불안정한 시기라고 해도 과언이 아니었다. 그래서 입대라는 현실이 더욱 두려운지도 모른다. '이 불안정한 시기에 군대를 가게 돼서 그녀와 다시금 멀어지지는 않을까?' 하는 생각을 안고 우리는 동네 영화관으로 향했다.

늦은 시간, 영화가 끝나고 그녀를 데려다 주고는 한참을 그녀를 부등켜안고 집 앞을 떠나지 못했다.

"잘 다녀올게. 걱정 마. 수료식 날 꼭 보자. 사랑해."

흐린 하늘을 한껏 눈에 머금은 듯, 소나기를 터뜨린 그녀의 눈을 보며 내가 말했다.

"안 가면 안 돼…?"
"나도 그러고 싶지…. 그래도 한 달이면 되잖아. 수료식 날, 꼭 올 거지?"
"오빠 수료식이 언젠데?"
"10월 20일."
"그때면 중간고사라 바쁠 수도 있는데 어떻게든 시간 내서 갈게, 오빠."
"꼭."
"잘 다녀와 오빠…. 군대 가서 나 잊어버리고 오면 안 돼! 웅? 알 았지? 내가 예쁘게 기다리고 있을게."

그녀가 말했다.

"걱정 마. 매일매일 수아 사진 보면서, 수아 생각하면서 버텨낼게. 수아도 내가 잠시 멀어졌다 해서 나 잊으면 안 돼. 정말 많이 사랑 해."

그렇게 말한 뒤 곧 돌아올 거라는 마음을 가지고 아무렇지 않은 듯 그녀를 뒤로 한 채 돌아서는 순간 참았던 눈물이 터지고 말았다.

'나는, 내일 입대한다.

나는 분명, 너에게 돌아갈 것이다.'

2016년 9월 6일 화요일 입대 당일

이른 새벽, 나도 모르게 눈을 떴다. 입대 당일이라는 것이 믿기지 않을 만큼 평소와 다를 것 없는 새벽의 밤하늘이었다. 여느 때와 다를 것 없이 조심스레 떠오르는 일출은 그저 한없이 아름다울 뿐이었다. 지갑 하나만 챙긴 채로 부모님과 함께 신교대로 향했다. 도로 위의 차들은 평소와 똑같이 바쁜 하루의 시작을 알리는 경적 소리와 함께 정신없이 지나다녔다.

신교대 입구에 들어서자 현실이라는 어떤 것이 내 가슴을 턱하고 움켜쥐었다. 주변에 들어오는 모든 동기는 나와 같이 빡빡머리를 하고 모두 각자의 고민을 가진 채 신교대로 들어서고 있었다.

아무렇지 않은 척, 힘든 일이 있어도 티를 안 내는 성격이기에 나는 부모님 앞에서도 무심한 듯 핸드폰을 만졌다. 사실 입대해도 아무렇지 않을 거라 생각했다. 누구나 겪는 일이니까.

2016년 9월 6일 14시

입소식이 시작되고, 각도 잡히지 않은 어설픈 자세로 부모님께 경례를 하며 조교들을 따라 줄을 지어 생활관으로 향했다. 여기저기서 부모님과 인사를 하는 모습을 보며 묵묵히 발걸음을 옮겨갈 뿐이었다. '우리 부모님은 어디 계시지?' 하며 고개를 이리저리 돌리던 나는 어머니를 발견했다. 어머니는 나와 눈이 마주치자마자 낡은 손수건으로 눈물을 닦아내며 흔들리는 목소리로 말했다.

"승현아! 잘하고 와! 내 아들!"

순간 모든 것이 무너져 내렸다. 어머니의 흘러내리는 눈물을 보는 순간, 나는 더 이상 어머니를 쳐다보지 못했다. 그저 아무렇지 않은 척 고개를 다시금 돌리고는, 몰래 흘러내리는 눈물을 닦을 뿐이었다. 아버지의 묵묵한 격려와 어머니의 눈물과 수료식 날 보자는 그녀와의 약속을 뒤로한 채 무거운 발걸음을 억지로나마 옮겨내며 가슴속으로,

"충성."

2016년 9월 15일 추석

어찌 된 일인지 입대한 후로 그녀에게서 단 한 장의 편지도 오지 않았다. 매일매일 인터넷 편지를 받는 시간이면 가슴 졸이며 그녀

의 편지를 기다렸지만 끝내 오지 않았다. 사회와의 단절이란 생각보다 견디기 버거웠다. 그녀가 없었다면 아무렇지 않았을지도 모른다. 다만 이 불안정한 시기에 그녀를 떠나 훈련소로 온 내가 그녀를 보살필 수 없다는 사실이 너무나 버거웠다. 하루하루를 그녀 걱정으로 보내고, 그녀의 사진으로 달래며 훈련을 버텨내고 있었다.

오늘은 추석 명절을 맞아 신병들에게 각 3분씩 전화 통화 기회를 주는 날이다. 밖에서는 아무것도 아닌 이 전화 3분이 훈련소 안에서는 자신의 목숨만큼 소중했다. 한 시간을 넘게 기다려 내 차례가 왔다. 나는 그녀의 전화번호를 눌렀지만, 그녀는 받지 않았다. 전화부스에 들어가는 순간부터 3분을 재기에, 상대가 전화를 못 받아도 간절한 그녀의 목소리를 들을 기회는 날아가는 것이었다. 그녀가 다시 마음을 돌려버린 것일까 하는 걱정에 훈련소에서 보낸 나의 추석은 그렇게 절망적으로 지나갔다. 주말이 되어서야 통화를 못한 훈련병을 위해 다시 통화할 기회가 주어졌다. 나는 떨리는 손으로 그녀의 번호를 눌렀다.

"여보세요?"
"오빠! 사랑해!"
"드디어 목소리 듣네. 미안. 나 이만 끊어야 돼. 사랑해."
"응…."

2016년 10월 14일

그녀의 소식을 전혀 들을 수 없는 상황에 나의 불안감은 극에 달했다. 삐뚤어진 사랑을 바로잡기 위해 국군 수도통합 병원에서의 정신과 치료를 자청한 나는, 떨어진 약을 처방받기 위해 스타렉스를 타고 이동 중이었다. 눈에서는 자꾸만 눈물이 흘러내리고, 머릿속은 온통 그녀만으로 가득했다. 극도의 불안에 떨던 나는 창밖을 바라보며 눈물을 감추고 있었다.

국군 수도통합병원에 도착한 나는 조교 몰래 공중전화 부스로 향했다. 혹여나 조교에게 걸릴까 숨죽이며 전화기를 들어 그녀에게 전화를 걸었다. 그녀의 목소리가 간절했다. 인터넷 편지 한 통 오지 않는 그녀의 소식이 세상 그 무엇보다 간절했다. 나를 무겁게 누르는 이 고통도 그녀의 고결한 목소리 한 번이면 금방이라도 진정될 것만 같았다. 매일 복용하는 마약성 항우울제조차도 그녀의 목소리만큼의 안정을 찾아주지는 못했다.

'전화를 받지 않아…'

신교대로 복귀하기까지 시간이 얼마 남지 않았다. 그녀의 목소리를 들을 수 있는 기회는 지금뿐이다. 어떻게든 들어야한다. 그녀가 전화를 받아주길 간절히 기도하며 부르르 떨리는 몸을 안고 다시 전화를 걸었다.

우리, 조금 늦게 만났더라면

'전화를 받지 않아…'

그녀는 역시 전화를 받지 않았다. 이후로 수십 통을 걸어보았지만 그녀는 끝내 전화를 받지 않았다. 나는 그렇게 그녀의 목소리를 듣지 못하고 신교대로 복귀할 수밖에 없었다. 신교대로 돌아오면서, 혹여나 순간적인 나의 집착으로 남겨놓은 부재중 전화 수십 통에 그녀가 부담을 느끼지는 않았을지 걱정했다.

마약성 항우울제를 복용하자 불안한 마음이 한결 나아졌다. 나는 개인 정비시간을 활용하여 그녀에게 편지를 쓰고 있었다.

수아야, 오늘 네 목소리가 너무 듣고 싶어서 부재중 전화를 그렇게 남겼어. 미안해. 부담스럽지? 나도 이제는 이런 모습 그만 보이고 싶어서 정신과 치료를 받는 중이야. 불안정한 나의 사랑이 언젠가 결실을 맺고 우리가 뜨거운 사랑을 나눌 수 있도록 최선을 다할 거야. 수료식 날 올 수 있는 거지? 소식이 없어서 궁금하다. 그날 꼭 보자. 보고 싶어서 미칠 것 같아.

마지막 문장을 써 내려간 순간, 소대장 훈련병이 내게 말했다.

"승현 씨. 여자 친구 분이 드디어 인터넷 편지를 보낸 것 같은데요?"

그의 말을 듣자 나는 신이 나서 물었다.

"네? 이름이 혹시 박수아인가요?"

"어디 보자…. 네, 맞네요. 엄청 길게 왔는데요? 세 장이나 왔네."

그의 한마디에 심장이 요동치기 시작했다. 느낌이 좋지 않았다. 편지 한 통 남기지 않았던 그녀가 갑자기 이렇게 긴 편지를 보낼 리가 없었다. 날짜를 보았다. 오늘 작성된 편지였다. 요동치는 심장은 더욱 격렬해져 갔다. 나는 도저히 편지를 읽을 수 없었다. 그녀의 소식이 너무나 궁금했지만, 도저히 용기가 나지 않았다. 편지를 읽는 순간 나의 모든 것이 무너져 내릴 것만 같았다. 나는 장문의 편지지를 한참 동안 읽지 못한 채 바라만 보다가, 용기를 내어 마지막 문장만 조심스레 읽어보았다.

우리 이쯤에서 그만하는 게 맞아. 오빠, 미안해.

나는 모든 것을 잃은 표정으로, 아니, 표정조차 잃은 얼굴로 편지를 들고 소대장실을 찾아갔다. 나는 경례하는 것도 잊은 채 소대장인 이용 중사님께 편지를 보여드렸다.

"전화 걸어 봐."

내 표정을 보고 상황을 직감한 소대장님은 아무런 말 없이 내게 휴대폰을 건네주었다.

나는 아무런 생각도 할 수 없는 패닉 상태로 그녀에게 전화를 걸

우리, 조금 늦게 만났더라면

었다.

"여보세요?"

"수아야, 이게 무슨 소리야?"

"미안해, 오빠. 오빠도 좋은 여자 만나."

"무슨 소리냐고."

"나, 좋아하는 사람 생겼어."

"누구? K7 일시불로 샀다는 그 선배는 아니지?"

"…미안해, 오빠. 끊을게."

전화를 끊은 나는 모두가 지켜보는 앞에서 창피함도 잊은 채 그
저 오열할 수밖에 없었다. 수료까지 단 6일인데, 우리 6일만 기다리
면 서로의 얼굴을 마주할 수 있는데, 너에게 나라는 사람은 그 6일
이라는 시간을 버티기도 버거운 사람이었던 걸까.

그렇게 그녀는, 짧은 한마디를 남긴 채 수료까지 남은 6일을 버티
지 못하고 내 곁을 떠나갔다. 걷잡을 수 없는 허무함이 나를 채워가
고 있었다. 현실을 받아들이던 나는 그녀와 함께했던 시간을 다시
금 멍하니 곱씹어 보았다. 3년 넘도록 함께했던, 행복했던 지난날을
말이다. 다만, 그 행복했던 시간이 걷잡을 수 없는 차가운 고통과
인내의 시간으로 날이 선 채 돌아왔을 뿐이다.

웃음을 만개한 채 너와 함께했던 거리는, 겨우내 참아왔던 웃음
꽃을 한껏 피우며 만개한 개나리조차 검은빛으로 물들어 보일 만
큼 그리움으로 가득 메워졌다.

'너 없이 난 정말 못 살아.'라고 말하던 그녀의 모습은, 어느새 나의 모습이 되어있었다.

그 어떤 것도 존재하지 않는 세상 속에서 나침반을 잃어버린 채, 오로지 네 향기만을 가슴에 간직하고서 덩그러니 나 혼자 남았을 뿐이다. 야속하게 짙어져만 가는 검은 하늘 위, 죽은 빛을 쏟아내는 별빛 아래 한 줄기 들어오는 그녀의 기억을 오롯이 받아들이며 한없이, 그저 한없이 주어진 이별을 감당할 뿐이다.

이내 먹구름이 손 내밀면 닿을 듯 다가오고야 말았다. 누군가의 삶이 지루하지만은 않은 것은, 예상치 못했던 태양 빛이 다시금 내리쬐고, 예상치 못했던 먹구름이 다시금 다가오기 때문이다. 암흑 속에서 써 내려가던 이야기에 산란하는 '빛방울'이 닿을 때면 그 빛이 언제까지고 영원하기를 기도하지만, 결국 써 내려가던 이야기에 '빛방울'아닌 '빗방울'이 조금씩 스며들기 시작한다. 처마 끝에 매달려 안간힘을 쓰며 떨어지기를 미루던 빗방울은, 이내 힘을 다하여 모습을 잃어버리고는 한없이 밑으로 추락하고 있었다. 결국 빗방울이 곤두박질쳐 바닥에 닿을 때, 짙게 적혀 있던 작은 이야기마저 한없이 흐려져 갈 뿐이다.

'나는 지금, 그녀를 위해 할 수 있는 게, 어느 것도 없다.'

**'지독한 사랑은 곧 끝을 보여내고 말지만,
언제나 나의 가슴은 그녀에게 봄을 선물하기를 소망하며'**

우리, 조금 늦게 만났더라면

Epilogue

너에게 나는 그저 아픔만은
아니었길 바라며

그로부터 3년 뒤 2019년 10월 27일

'이렇게 헤어지지만, 언젠가 글로써 우리의 추억을 남길 수 있도록 노력할게. 그때 한 번만 날 떠올려줘.'

그날 이후로 시간이 어떻게 지나갔는지도 모르겠다. 3년 전, 수료식을 단 6일 남겨놓고 그녀가 떠나간 후로 내 인생의 모든 안 좋은 일을 군대 탓으로 돌리기도 했다. 하필 그런 시기에 입대를 해서 그녀를 떠나보내야만 했고, 수료 후 자대 생활 중 찾아온 성대 결절로 인해 가수의 꿈도 끝내야만 했다고 말이다. 입대와 동시에 그나마 움켜쥐고 있던 모든 것을 잃으니 그 비통함은 표현할 방법이 없었다. 그저 2년이라는 시간 동안 군인이라는 신분으로 보낼 수밖에 없었다.

그날 이후로 나는 조금씩 글을 쓰기 시작했다. 자대에서 시간이 남을 때마다 취미로 그녀를 추억하는 가사를 쓰기 시작했고, 그날의 경험들은 곧 내 인생의 변환점이 되어가고 있었다. 고막을 때리는 소음과 화약이 만발하는 전쟁터 속에서 한껏 뭉개진 펜을 부여 잡고 글을 쓰는 시인 같은, 그런 사람이 되리라.

수료 후 자대 배치를 받은 나는, 일병이 되기 바로 직전까지도 그녀의 마지막 편지 3장을 들고 다녔다. 매일매일 그녀의 마지막이 되어버린 편지를 보며 반복되는 이별을 몇 번이고 받아들였고, 그녀가 다시 돌아설 수밖에 없었던 원인을 찾아 몸부림쳤다. 그런 나의 모습을 바라보던 최고선임 박주호 병장은 내게 말했다.

"야, 새끼야. 이거 뭐야?"
"훈련소에서 받은 이별 통보 편지입니다."
"근데 이걸 왜 들고 다녀?"
"마지막 편지라는 생각에 차마 버릴 수가 없습니다."
"새끼야, 이거 들고 다니면 너만 병신 되는 거야. 너 혼자 못 잊고 병신 되는 거라고."
"……"
"이제 잊어야지 새끼야. 일단 이 편지부터 당장 찢어서 갖다 버려."
"저는… 못할 것 같습니다."
"그럼 형이 해줄게. 가서 찢는다? 네가 살아야 할 거 아니냐."
"…예. 알겠습니다."

그녀를 떠나보낼 수밖에 없었던 그날의 시간은 내 인생에 있어 가장 초라한 시기였고, 그런 시기였기에 그녀를 떠나보낼 수밖에 없

우리, 조금 늦게 만났더라면

었다고 생각했는지 나는 그날 이후로 성공이라는 단어에 끝없는 갈증을 느끼곤 했다. 내가 성공하면 그녀가 돌아올 것만 같았다.

그런 생각을 안고 군에서 보낸 2년은 그 어린 청년이 버텨내기엔 조금 버거웠는지도 모른다. 새벽 6시에 일어나 8시까지 부대에 도착한 나는 고된 탄약고 작업을 끝내고, 오후 5시에 퇴근하자마자 바로 돈을 벌기 위해 출근을 했다. 새벽 1시가 되어서야 퇴근을 했고, 새벽 2시가 되어서야 집에 도착했는데, 곧바로 잠들지 않고 글을 쓰며 시간을 보내다가 새벽 3시쯤 되어서야 겨우 잠이 들었다. 결국 하루에 잘 수 있는 시간은 고작 3시간이었다.

그렇게 2년이라는 시간을 보내니 전역 후 나의 생활도 그 패턴을 고스란히 이어갔다. 지금 또한 이 일, 저 일, 할 수 있는, 손에 잡히는 일은 어떤 일이든 하려고 하며 하루 3시간의 수면을 취할 뿐이다. 바쁘지 않은 날에도 새벽 2시가 넘지 않으면 눈이 감기질 않았다. 다만, 일주일간 부족했던 수면을 주말에 몰아 취할 뿐이었다.

올해 4월부터는 SNS에 '군 입대 예정자가 쓰는 D-100일간의 일기'라는 제목으로 그녀와의 이야기를 글로 써 내려가기 시작했다. 마치 3년 전 입대를 기다리던 그 시절로 돌아가 현재 진행되는 일이라는 듯이 글을 썼다. 곧 그 이야기는 100만 조회수를 달성하며 생각보다 큰 반응을 얻었고, 이렇게 책으로서 세상에 발걸음을 내디딜 준비를 하고 있다.

지금에 와서야 3년 전 그녀와의 약속을 지켜내는 것만 같았다. 글로든, 노래로든, 그녀와의 추억을 작품으로 탄생시키겠다는 그 작은 약속을 말이다. 이제는 가끔 웃기도 하는 걸 보니, 꽤나 오랜 시간이 흘렀음을 느낀다.

　지난 새벽 늦게까지 출판될 원고를 작업하던 나는 늦은 오후가
되어서야 잠에서 깨어났다. 고통 속에 몸부림치며 지내온 지난날의
추억을 강제로 떠올리며 다시금 내 마음속 존재하는 지옥으로 향
하기 위해 대충 샤워를 하고는 집을 나섰다. 꽃이 지는 계절이 다가
왔는지 제법 쌀쌀한 바람이 불고 있었다.

　사무치게 고통에 젖은 그날의 추억을 오롯이 받아들일 준비가 된
나는 흰색 'Mercedes Benz' 승용차에 올라타 시동을 걸었다. 기지
개를 켜듯 우렁찬 배기음을 내는 차의 조수석에는 3년 전의 그녀
대신 어젯밤 그녀를 적은 책의 원고가 자리하고 있었고, 컵홀더에
는 달달한 카페모카 대신 아메리카노가 놓여 있었다.

　그녀는 나의 인생을 뒤바꾸어 놓은 것으로도 모자라 사소한 것
하나까지 내 모든 것을 뒤바꾸어 놓았다. 쓰라린 그녀의 기억을 되
새기며 한 잔씩 마시기 시작한 아메리카노는 어딜 가도, 무엇을 하
더라도 나를 따라다녔다. 그녀가 결국 내 곁을 떠나갔음에는 변함
이 없었지만, 조금씩, 그리고 아주 조용히 내 인생에 스며들기 시작
했던 것이다.

　나는 쓰라린 미소를 지으며 담배를 물고는 삼각별 엠블럼이 박힌
핸들을 잡았다. 머릿속에 그녀와의 추억이 조금씩 떠오르기 시작했
다. 철없던 지난 시절, 우리에게 성공적인 미래를 상징했던 차의 운
전대에 홀로 앉으니 그녀와 미래를 약속하던 아련한 대화가 머릿속
을 스쳐 지나갔다.

　사회적으로 어느 정도 자리를 잡으면, 그녀가 돌아올 줄만 알았

우리, 조금 늦게 만났더라면

다. 하지만 그녀는 지난 3년간 내게 단 한 번도 모습을 비추지 않았다. 어쩌면 지금껏 간직해온 내 능력이 부족해 그녀를 떠나보냈다는 생각은 착각일지 모른다. 그녀를 떠나보낸 것은 자격지심에 절어 있던 철없던 시절의 내가 지녔던 불안정하고 어린 사랑이었을지 모른다. 이제는 돌아갈 수 없는 그날의 아름다운 추억을 안고 반월저수지를 향해 달리기 시작했다.

'네가 사라지면, 난 없어져 버릴지도 몰라. 아주 조용한 바다 속으로 사라질지도 몰라.'

스피커에서는 볼 빨간 사춘기의 'Mermaid'라는 노래가 흘러나오고 있었다. 언젠가 그녀가 내게 이런 말을 전한 적이 있다.

'나? 잘 지내지. 오빠, 나 요즘 볼 빨간 사춘기 같은 신세대 노래도 들어.'

그녀의 한마디는 나의 음악적 취향마저 바꾸어 놓았다. 어느 하나라도 그녀와 닮으면 그녀가 돌아올까. 내가 하는 어떤 일 하나라도 성공하면 그녀가 돌아올까. 그렇게 시도 때도 없이 나를 따라다니는 '그녀'라는 수식어는 나를 '광'적으로 살아가게 만들었다. 사실 이제 와 생각해보면, 그녀에게는 미안한 감정과 그저 감사한 감정만이 남아있다. 그 무엇보다 감사한 점은 가슴 아픈 사랑에 대해 절실히 깨닫게 해주었다는 것, 지독히 무너져 내릴 수 있는 기회를 주었다는 것, 그로 인해 인생을 뒤바꿀 어떤 계기가 되어주었다는 것이다.

에필로그

그렇게 여러 생각을 품고 달리던 창밖으로 어느새 눈에 익은 풍경이 들어오기 시작했다. 쭉 뻗은 편도 1차선 도로와 그 옆에 펼쳐진, 눈부신 햇살을 튕겨내는 저수지. 그녀에게 편지 형식의 일기를 선물했던 구석 자리는 나를 다시금 추억 속으로 빨려 들어가게 만들었다.

　나는 3년 전 그녀에게 편지를 건네주던 그 자리 옆에 놓인 의자에 앉아 저수지를 바라보았다. 저수지는 3년 전과 어느 하나 변하지 않은 모습 그대로였다. 마치 세상은 그대로인데, 그녀와 나만 변한 것처럼 말이다. 나는 아메리카노를 한 입 마시고는 천천히 원고를 다시 읽어보기 시작했다. 그런데, 어디선가 귀에 익은 노랫소리가 희미하게 들려왔다.

　'한참 피어나던 장면에서 넌 떠나가려 하네. 벌써부터 정해져 있던 얘기인 듯.
　시작하는 듯 끝이 나버린 소설 속에 너무도 많은 걸 적었네.'

　그녀와 함께 듣던 부활의 '소나기'라는 곡이었다. 나는 오랜만에 들려오는 가사에 반가움을 느끼며 노래가 들려오는 쪽으로 시선을 돌렸다. 순간 내 몸이 얼어붙었다. 저 멀리서 저수지를 바라보며 우리가 함께 듣던 노래를 듣고 있는 사람은 바로 수아였다. 단 한 번도 마주치지 못했던 그녀를 이렇게 마주하게 되니, 나는 어떤 말도 할 수 없었다. 그녀는 분명 어떤 추억 속에 빠져 있었다. 그녀도 과연 나처럼 그날의 추억에 빠져 그 노래를 듣고 있는 것일까? 머릿속

우리, 조금 늦게 만났더라면

에 수많은 생각이 떠오르기 시작했다. 나는 숨죽여 3년 만에 마주하는 그녀의 고결한 뒷모습을 그저 바라보았다. 당장이라도 그녀에게 뛰어가 인사를 건네고 싶었다.

'내가 뭐라고⋯.'

하지만 머릿속에서 자꾸만 떠오르는 초라한 생각은 나를 그대로 얼어붙게 만들고, 그 어떤 행동도 할 수 없게 만들었다. 햇살을 튕겨내는 저수지를 배경으로 선 그녀의 뒷모습은 마치 후광을 뿜내는 미의 여신으로 보일 정도로 숨 막힐 듯 아름다웠다. 살랑이는 바람에 흔들리는 머리카락은 저수지를 아름답게 수놓고 있었다.
  그때, 그녀는 나의 시선을 느꼈는지 순간 내 쪽을 돌아보았고, 우리는 눈이 마주쳤다. 심장이 멎을 듯 긴장감이 맴돌기 시작했다. 어느새 주변의 모든 풍경은 멈춰 있었고, 그녀와 나의 심장만이 요동치며 떨리고 있을 뿐이었다.

그리고 나는, 오래전 그녀에게 했던 것처럼 눈빛으로 말을 전했다.

만약에, 정말 만약에 말이야.
우리⋯ 그때가 아닌 지금 만났더라면⋯

어땠을까?

'그동안 네게 전하고 싶었던 이야기가 너무 많았어.
나 없이 지내온 너의 지난 삶은 어떠했니?
이제, 너의 이야기를 들려줄 차례야.'

작가의 말

  이 책이 제게 있어 문학적, 상업적 성공을 가져다주는 책이 되기를 바라지는 않습니다. 누구나 한번쯤은 추억으로 남았을 시절, 또는 그 시절을 겪고 있는 사람들에게 다시금 곱씹을 수 있는 책을 만들어주고 싶었습니다.

  실화를 기반으로 한 소설이기에 사실 글을 쓰는 내내 그녀의 이미지를 깎아내리고 있는 것은 아닐까 하는 생각이 창작하는 데에 있어 꽤나 큰 심적 부담을 안겨주었습니다. 또한 아픈 기억을 되새김질 하며 과거와 현재 사이의 경계를 하루에도 수십 번씩 넘나드는 시간은, 글을 쓰며 답답한 가슴을 몇 번이고 주먹으로 칠만큼 고통스러운 하루였습니다. 책을 마무리하며 작가의 말을 쓰고 있는 지금도, 머릿속이 백지 상태가 되어 마감의 기쁨보다는 허한 감정만이 자리하고 있는데요, 그런 시간을 억지로나마 버텨내며 마무리 지은 이 책이 누군가에게 위로와 힘이 되어준다면 그것으로 만족하고 싶습니다.

  그와 함께 어린 시절에 그녀와 나누었던 작은 약속도 몇 년이 지난 지금에야 지키게 되었는데, 이것으로 그날의 추억에 막을 내릴 수 있으리라 믿습니다. 그렇게 이 책은 저에게 있어 작가로서의 명성을 가져다줄 그런 책이 아닌, 자신만의 훈장이 되어줄 그런 책이 되었으면 좋겠습니다.

'지독한 사랑은 곧 끝을 보여내고 말지만,
언제나 나의 가슴은 그녀에게 봄을 선물하기를 소망하며.'

우리, 조금 늦게 만났더라면

★ ★ ★ ★

군 입대 예정자가 쓰는 D-100일간의 일기

★ ★ ★ ★

입대까지 D-95

"나는 널 잡지 않을 거야. 다만, 널 다시 데려올 거야."

간밤 새 추적추적 비가 내렸다.
하늘이 우는지, 내 마음이 우는지 알 수 없이
야속하게 내려지는 비 사이사이, 떠난 그녀를 향한 그리움이
조금 전 뿌린 향수처럼 자욱하게 남아 있었다.

그녀와 나는, 꽤 오랜 시간을 함께했다.
때로는 수줍게 피어오르는 벚꽃처럼,
때로는 뜨겁게 달아오르는 사막의 신기루처럼,
때로는 휑한 도로 위 자리하는 쓸쓸한 낙엽처럼,
때로는 앙상한 나뭇가지 사이 불어오는 매서운 칼바람처럼.

'희망이 적을수록 나의 사랑은 더욱 뜨거워지도다.'라고 했던가(테렌티우스, 극작가).

더 이상의 여지 없이 나를 아무도 찾지 않는 폐농가의 어떤 허수
아비처럼 남겨둔 채 떠나간 당신을 향해

'난 애석하게도 아직까지 당신을 미워하지 못한다.'

'한 줌 남은 사랑마저 처절히 짓밟힐지언정
그 모든 순간 함께한 당신을 그리며.'

입대까지 D-93

만남은 나를 변화시키고,
헤어짐은, 나를 또다시 변화시키도다.

'네가 사라지면 난 없어져 버릴지도 몰라.
아주 조용한 바다 속으로 사라질지도 몰라.'

10년도 더 된 달그닥거리는 소음을 내는 스피커에서 볼 빨간 사
춘기의 'Mermaid'가 흘러나왔다.

이윽고 놀이공원에 버려진 어린아이처럼 엉엉 울음을 터뜨리고야
말았다.

그녀가 떠나갈 때, 내가 말했다.

우리, 조금 늦게 만났더라면

"언젠가 글로써 우리의 추억을 남길 수 있도록 노력할게. 그때 한 번만 날 떠올려줘."

앞으로 그 시간까지 얼마나 걸릴지 모른다.
고막을 때리는 소음과 화약이 만발하는 전쟁터 속에서 한껏 뭉개진 펜을 부여잡고 글을 쓰는 시인 같은, 그런 사람이 되리라.

이내 마음속으로 다짐했다.
나는 책을 잘 읽지 않는다. 다만 즐겨듣는 노래 속 가사를 새겨듣고, 글 쓰는 것을 좋아할 뿐이다.

우린 항상 오래된 노래를 함께 듣곤 했다.
70~90년대 노래를 들으면, 그 가사 속에 푹 빠질 수 있다는 게 그 이유였다. 또 가사를 통해 글을 쓰는데 도움이 많이 되기도 했다.

헤어지고 나서 그녀는 내게 이런 말을 한 적이 있다.

"나? 잘 지내지~. 나 요즘 볼 빨간 사춘기 같은 신세대 음악도 들어."

한국 음악의 르네상스라고 불리는 70~90년대 음악만 듣고 하루 종일 머릿속으로 가사를 되뇌던 내가

볼 빨간 사춘기의 노래를 듣기 시작한 이유였다.

군 입대 예정자가 쓰는 D-100일간의 일기

입대까지 D-89

'흔들리는 벚꽃잎은 곧 떨어지도다. 불안정한 사랑이란, 아주 잠시
의 회열을 느끼게 해주는 마약일 뿐.'

올 것이 왔다. 입대 일자가 D-80일대로 들어선 것이다.
국방부의 시계는 그렇게 느리다던데, 사회의 시계는 왜 이리도 빠
르게 돌아갈까?

너와 함께했던 시간을 다시금 곱씹어 보았다.
1,000일이라는 시간을 훨씬 넘게 행복했던 지난날을 말이다.
다만, 그 행복했던 시간은 걷잡을 수 없이 차가운 고통과 인내의
시간으로 날이 선 채 돌아왔을 뿐이다.

웃음이 만개했던 너와 함께했던 모든 거리는,
겨우내 참아왔던 웃음꽃을 한껏 피우며 만개한 개나리조차
검은빛으로 물들어 보일 만큼 그리움으로 가득 메워졌다.

그리고 그녀는, 새로운 사랑을 시작했다.

입대까지 D-88

'그리고 그녀는, 새로운 사랑을 시작했다.'에 이어

우리, 조금 늦게 만났더라면

오늘도 나는 심장을 도려내며, '너'라는 기억 속에 창작이라는 비극을 만들어내도다. 어디선가 들려오는 환청이 네 음성으로 가득할 즈음, 비로소 글을 완성해 내도다.

'너 없이 난 정말 못 살아.'라고 말하던 그녀의 모습은 어느새 내 모습이 되어 있었다. 그 어떤 것도 존재하지 않는 세상 속에서 나침반을 잃어버린 채, 오로지 네 향기만을 가슴에 간직하고서는 덩그러니 나 혼자 남았다.

야속하게 높아만 가는 파아란 하늘 위, 검은 빛을 한껏 쏟아내는 태양 아래,
한 줄기 들어오는 검은 빛을 오롯이 받아들이며 창문을 열고서는 한없이, 그저 한없이 바닥만 내려다볼 뿐이다.

"이 글이 마무리될 때까지는, 연재하고 싶습니다.
부디 제게 용기를 주세요."

입대까지 D-86

"저 말이죠···. 정말, 더 이상은 살아갈 용기가 남아있지 않습니다. 제 모든 것은 이미 산산이 부서져 내려 버렸어요."

봄의 시작을 알리는, 이 세상의 잠들었던 모든 생명을 일깨우는

봄비가 나에게만큼은 절망이 되어 감정선의 피부층을 뚫고 있었다.

그렇게 몇 시간이 지났을까.
꼬깃꼬깃 비에 젖은 5만 원 권을 들고 유흥가의 어떤 모텔방을 찾았다.

온몸이 젖은 채로 방구석에 틀어박혀서는 핸드폰으로 '자살 상담 센터'를 검색하여 아무 곳이나 전화를 마구 걸어댔다.

그렇게 몇 시간을 전화기를 붙잡고, 어쩌면 인생의 마지막이 되었을지 모르는 눈물을 흘려내며 울부짖었다.

이따금 떨리는 손으로 부서져 버린 정신을 주섬주섬 부여잡고서, 나는 300원짜리 싸구려 모나미 펜을 잡고 노트에 글을 써 내려가기 시작했다.

모든 순간이 정지하려던 모텔방의 창문을 여니
다시금, 해는 떠오르고 있었다.

- 시작과 끝의 순간에 서서 너의 기억을 추스르며,

우리, 조금 늦게 만났더라면

입대까지 D-80

"오빠한테, 나는 어떤 사람이야?"
"여자친구."
"다시 한번 말해줘."
"여자친구. 얼른 가."

살갑게 비가 내리던 어느 5월의 아침
둘만의 밤을 보내고서 버스에 오르는 그녀가 던진 질문에 나온
대답이었다.

'단 10초의 대화로 우리는, 1,000일이라는 시간을 함께했다.'

그리고 이제 나는 비극이라는 이름으로 평생의 시간을 마주할 준
비가 되었다.
몇 번의 계절이 지나가고
쓸쓸함만이 자리한 그 정류장은
어떤 추억을 오롯이 간직한 채 네가 없는 버스를 기다리고 있을
뿐이다.

오늘도 여전히 그 정류장에는 그 이야기를 간직한 빗방울이 내리
는데,

너만 오지 못했다.

군 입대 예정자가 쓰는 D-100일간의 일기

너만 그러지 못했다.

아니, 내가 널 데려오지 못했다.

입대까지 D-79

'3년 전, 나는 그때 널 보냈어야 했다.'

사랑의 꽃을 막 피워내기 시작하던 그때,
갓 100일을 넘겼을 즈음
나는 그때 널 보냈어야 했다.

그날은 늦은 새벽 너에게 전화가 왔다.
울먹이는 목소리로 너는 내게 어떤 말도 하지 못했다.

네가 울먹이는 이유를 알아챘을 때,
참을 수 없는 배신감과 분노로 널 찾아갔다.
그곳에 도착했을 때,
나는 너와의 모든 인연을 끊으려 했다.

"이번 일 이후로 나한테 연락하지 마."

차가운 목소리로 말하고는,

우리, 조금 늦게 만났더라면

뒤도 돌아보지 않고 자리를 떠났다.

100㎜쯤 걸었을까.
멀리서 울음소리가 들려왔다.

이내 울음소리는 곧 가까워졌다.
가까워지는 울음소리에 뒤를 돌아보니
너무나도 안쓰러운 모습으로

어미의 배 속에서 갓 나온 아이처럼 엉엉 울며
네가 내게 달려오고 있었다.

순간, 굳게 닫은 줄만 알았던 마음이
무너져 내리고야 말았다.

이내 그녀는 내게 안기며

"미안해…. 사랑해…. 나 오빠 없이는 못 살아."

그리고 난, 아무 말 없이 널 다시 안아주었다.

난 지금도, 그날의 네 모습을 잊지 못한다.
난 지금도, 그날의 네 얼굴을 지우지 못한다.

군 입대 예정자가 쓰는 D-100일간의 일기

난 그날 무슨 일이 있어도 널 놓치지 않으리라 다짐했다.

"나는 그때 널 보냈어야 했다."

입대까지 D-78

몸 상태가 너무 좋지 않다.
미친 듯이 자고 싶다.

내 머릿속은 아무것도 보이지 않는 흰 방이 되어 있다.

'다만, 흰 방 안에 네 사진 한 장만 간직할 뿐.'

입대까지 D-76

'잊어야 한다는 마음으로, 썼다 지운다. 널 사랑해.'
- 김광석의 '잊어야 한다는 마음으로' 중에서

네가 없었던 긴 시간을 떠나보내고 이렇게 오늘 널 다시 마주했다. 서로에게 어색한 미소를 건네며 보조석에 널 태우고는 낡은 핸들을 잡았다.

우리, 조금 늦게 만났더라면

순간 세상의 모든 어떠한 것들이 아직 살아 숨 쉬고 있음을 느끼며, 떨리는 손과 가슴을 애써 감추고는 근처의 저수지로 향했다.

"오랜만이네, 너에게 꼭 주고 싶은 게 있어서 불렀어."

떨리는 목소리로 말을 건네고는, 그녀를 생각하며 스튜디오에서 직접 불러 녹음한 김연우의 '내가 너의 곁에 잠시 살았다는 걸.'을 들려주었다.

순간 그녀의 어두운 눈망울이 흔들리고 있음을 느꼈다.

"하나 더 있어. 너랑 헤어지고 나서 지금까지 느낀 감정을 매일 일기장에 써서 가져왔어. 이제 네가 간직해주었으면 해."

일기장을 건네고는 차에서 내려 잠시 자리를 비켜주었다.
1분도 되지 않아 차 안에서 흐느끼는 듯한 울음소리가 터져 나왔다.

10분 정도 혼자만의 시간을 갖도록 한 뒤, 그녀가 있는 보조석 문을 조심스레 열었다.
그녀는 고개를 푹 숙이고는, 일기장에 눈물을 떨어뜨려 적셔내고 있었다.

그리고 나는, 조용히 그녀의 머리를 쓰다듬어주고는 안아주었다.

군 입대 예정자가 쓰는 D-100일간의 일기

"울지 마, 내가 많이 미안해."

오늘 나는 지난날 나를 붙잡으며, 나 없이 못 산다며 울음을 터뜨리던 너의 눈빛을 다시 보고야 말았다.

'신이시여, 그녀의 눈물을 지켜보는 건 지난날 제가 버텨온 그 어떤 시련보다 고통스럽습니다. 부디 제가 그녀를 세상 어떤 여자보다 행복하게 만들 수 있는 기회를 주세요.'

속으로 생각하고는 너에게 말했다.

"나는, 널 잡지 않을 거야."

"다만, 널 다시 찾아올 거야."
그리고 그리웠던 그녀의 입술에 짧게 입 맞추었다.

입대까지 D-66

'어느 단편소설 속에 넌 떠오르지.'
'한참 피어나던 장면에서 넌 떠나가려 하네.'
'시작하는 듯 끝이 나버린 소설 속에 너무도 많은 걸 적었네.'
- 부활의 '소나기' 중에서

우리, 조금 늦게 만났더라면

'너에게 나는 그저 아픔이었다.'

여수를 거쳐 해운대로 여행을 떠났다.
너와 함께 오고 싶었던 거리를 거닐며 홀로 생각에 잠겨서는, 모든 거리를 함께하는 나와 너의 모습을 그려보았다.

과연 사람은, 겨울이 오고서야 태양을 그리워할까?
과연 사람은, 죽음이 눈앞에 오고 나서야 지난 생을 아쉬워할까?

그리고 과연 나는, 그녀를 떠나보내고 나서야 진정 사랑을 깨닫는 것일까?

이 아름다운 도시를 너와 거니는 상상을 하니, 고요함만이 가득한 어느 산속 버려진 무덤 위에 아지랑이처럼 피어있는 한 송이 민들레와 같은 쓸쓸함을 오롯이 간직한 어떤 설렘이 순간적으로 피었다.

깨어지지 않는 다이아몬드처럼 써 내려가는 글 아래 그대를 내품에 가득 안고는, 그 틈이 깨어지지 않길 바라며.

종이와 펜과 당신의 기억과 함께, 해운대에서.

군 입대 예정자가 쓰는 D-100일간의 일기

입대까지 D-62

'어느새 우리는 멈춰 있었다.
그러나 세차게 몰아치는 소낙비만은 그러하지 못했다.'

사랑을 하다 보면 어느새 이전과 다름을 느낄 때가 있다.
나를 사랑스럽게 바라보던 그녀의 눈빛도, 언제까지나 그러할 수
는 없는 법이다. 그녀와 함께 누워 있는 방 안의 공기마저 알 수 없
는 어색함으로 물들어갈 때. 그녀가 떠날지도 모른다는 생각이 문
득 떠오를 때.

그때부터였을까. '집착'이라는 시간이 다가왔다.
'집착'은 그녀를 떠나지 못하게 잡아줄 거라 생각했다.
사이비에 빠진 환자처럼 '집착' 또한 사랑이라 믿었다.

그러나 그녀를 떠나게 만드는 촉매제에 불과했을 뿐이다.
그리고 그 사실을 깨닫게 되었을 때,

어느새 우리는 멈춰 있었다.
그러나 세차게 몰아치는 소낙비만은 그러하지 못했다.

내가 그녀에게 보여줄 수 있었던 건
성숙하지 못한 어린 사랑뿐이었음을.

'세상의 모든 빗방울이 채 내리지 못한 어느 슬픈 밤.'

그토록 바라던 너와의 재회가 이루어진 어느 번화가의 술집이었다. 우리의 불안정했던 사랑처럼, 그녀는 흔들리는 눈동자로 날 바라보며 가슴 깊이 맺힌 응어리를 덜어내는 듯 슬픈 목소리로 힘겹게 말을 꺼냈다.

"미안해…."
"뭐가?"

매섭게 하늘 위를 맴도는 매와 같은 눈빛으로, 그녀의 눈을 응시하며 내가 말했다.

순간 그녀의 눈에서 참아왔던 눈물이,
'채 내리지 못했던 세상의 모든 빗방울'과 함께,
멈추었던 시간이 다시 돌아가듯 쏟아지기 시작했다.

그녀의 마음을 읽은 나는, 겨우내 참아왔던 기지개를 켜며 꽃을 만개해내던 그날의 봄기운처럼 따스하게 그녀를 안아주며 그녀에 귓속에 속삭였다.

"내가 널 다시 데려오겠다고 말했잖아. 이렇게 껴안고 있으니, 얼마나 좋아. 힘들어하지 말고 서로의 곁에서 행복하기만을 응원하자. 지금 당장은 어색하고 어려울지 몰라도, 내가 노력할게."

그렇게 4개월이라는 공백기를 가진 우리는
마침표를 찍을 것만 같던 소설을 다시 써 내려가기 시작했다.

꽃가루가 흩날리는 어느 봄날의 밤처럼,
여기저기 우리의 사랑이 다시 흩날리며,
순간의 정적마저 분홍빛으로 물들어가기 시작했다.

입대까지 D-2

'당신을 향한 나의 사랑은 언제나 여름이었다.
허나 당신은, 겨울을 좋아했다.'

입대를 코앞에 둔 내게, 가장 큰 문제는 사실 단 한 가지다.
입대를 하는 건 사실 그리 두렵지 않다.

오랜 시간을 함께해온 여자와 잠시 헤어지고,
많은 감정을 소비하고서 어느 영화처럼 다시 재회하게 된 지 아직
두 달도 채 되지 않았다.
그녀와 내가 가졌던 공백기를 메워줄 시간이 간절히 필요하지만,
그 시간이 너무나도 부족하게만 느껴진다. 서로 너무나 큰 상처를

우리, 조금 늦게 만났더라면

남기고서 다시 만나기에,

또다시 그녀를 놓치게 되는 건 아닐지.
내가 가진 모든 걸, 내가 할 수 있는 모든 걸 쏟아붓고서
필연적이길 바랐지만, 필사적으로 붙잡은 그녀를
다시금 떠나보내게 되는 건 아닐지.

그녀의 마음을 확실히 다잡아주지 못하고
떠나야 하는 내가 너무 한스럽다.

나는 지금, 당신을 위해 할 수 있는 게
어느 한 가지도 없다.

입대까지 D-1

"지독한 사랑은 곧 끝을 보여내고 말지만, 언제나 나의 가슴은 그
녀에게 봄을 선물하기를 소망하며."

- Ep. 01

입대를 앞둔 마지막 날,
짧게 깎은 까슬까슬한 머리를 하고서, 긴장되는 마음으로 그녀를
맞이했다.

이 초라한 모습을 보고 그녀의 마음이 떠나지 않을까, 사소한 걱정에 조마조마하며 그녀의 얼굴을 마주했다.

"뭐야? 머리 왜 이래? 귀여워. 만지고 싶다."

이내 그녀는 내 머리를 보더니 머리를 쓰다듬으며 나를 안아주었다. 참으로 다행이다.

사실 우리는 1,000일이라는 시간을 함께했고,
이별이라는 시간을 가진 뒤 다시금 함께하기 시작한 지 얼마 되지 않아 조금은 불안정한 시기다.
그래서 입대라는 것이 더 두려운지도 모른다.
'이 불안정한 시기에, 군대로 인해 그녀와 다시금 멀어지지는 않을까?' 하는 생각을 안고 우리는 동네 영화관으로 향했다.
늦은 시간, 영화가 끝나고 그녀를 데려다 주고는
한참을 그녀를 부둥켜안고서 그녀의 집 앞을 떠나지 못했다.

"잘 다녀올게. 걱정 마. 수료식 날 꼭 보자. 사랑해."

흐린 하늘을 한껏 눈에 머금은 듯, 소나기를 터뜨린 그녀의 눈을 보며 내가 말했다.

"잘 다녀와. 군대 가서 나 잊어버리고 오면 안 돼! 응? 알았지? 내가 예쁘게 기다리고 있을게."

우리, 조금 늦게 만났더라면

그녀가 말했다.

"응. 걱정 마. 매일매일 사진 보면서 네 생각하며 버텨낼게. 너도 내가 잠시 멀어졌다 해서 나 잊으면 안 돼. 정말 많이 사랑해."

그렇게 말하고 이내 곧 돌아올 거라는 마음을 가지고서 아무렇지 않은 듯 그녀를 뒤로 한 채 돌아서는 순간 참았던 눈물이 터지고 말았다.

'나는, 내일 입대한다.
나는 분명, 너에게 돌아갈 것이다.'

그리고 입대, D-day

'지독한 사랑은 곧 끝을 보여내고 말지만, 언제나 나의 사랑은 그녀에게 봄을 선물하기를 소망하며.'

- Ep. 02

이른 새벽, 나도 모르게 눈을 떴다. 입대 당일이라는 것이 믿기지 않을 만큼 평소와 다를 것 없는 새벽의 밤하늘이었다. 여느 때와 다를 것 없이 조심스레 떠오르는 일출은 그저 한없이 아름다울 뿐이었다.

군 입대 예정자가 쓰는 D-100일간의 일기

지갑 하나만 챙긴 채 부모님과 함께 신교대로 향했다. 도로 위의 차들은 평소와 너무나도 똑같이 바쁜 하루의 시작을 알리는 경적 소리와 함께 정신없이 지나다녔다.

신교대 입구에 들어서자 조금이나마 현실이라는 무언가가 내 가슴을 턱 하고 움켜쥐었다.

주변에 들어오는 모든 동기는 나와 같이 빡빡머리를 하고 각자의 고민을 가지고 신교대로 들어서고 있었다.

아무렇지 않은 척, 힘든 일이 있어도 티를 안 내는 성격이기에 부모님 앞에서도 무심한 듯 핸드폰을 만졌다.
사실 입대해도 아무렇지 않을 거라 생각했다.
누구나 겪는 일이니까.

14시.
입소식이 시작되고, 각도 잡히지 않은 어설픈 자세로 부모님께 경례를 하며 조교들을 따라 줄을 지어 생활관으로 향했다.

여기저기서 부모님과 인사를 하는 모습을 보며 묵묵히 발걸음을 옮겨갈 뿐이었다.
'우리 부모님은 어디 계시지?' 하며 고개를 이리저리 돌리다 어머니를 발견했다. 어머니는 나와 눈이 마주치자마자 낡은 손수건으로 눈물을 닦아내며 흔들리는 목소리로

"승현아! 잘하고 와! 내 아들…!"

순간 모든 것이 무너져 내렸다.
어머니의 흘러내리는 눈물을 보는 순간, 나는 더 이상은 어머니를 쳐다보지 못했다.

그저 아무렇지 않은 척 고개를 다시금 돌리고는, 몰래 흘러내리는 눈물을 닦을 뿐이었다.

아버지의 묵묵한 격려와 어머니의 눈물과 수료식 날 보자는 그녀와의 약속을 뒤로한 채 무거운 발걸음을 억지로나마 옮기며, 가슴속으로,
"충성."

어찌 된 일인지, 입대를 한 후로 여자친구에게서는 단 한 통의 편지도 오지 않았다. 포상 전화로 얻은 3분의 짧은 통화 외에는, 그녀의 어떤 소식조차 들을 수 없었다.

그러던 어느 날.
2016년 9월 6일 입대 후 수료를 단 6일만을 남겨둔
2016년 10월 14일.

그녀의 이름으로 장문의 편지 두 통이 왔다. 편지를 받는 순간, 알 수 없는 직감으로 편지를 읽을 수 없었다. 가슴이 주저앉았다.

군 입대 예정자가 쓰는 D-100일간의 일기

나도 모르게 편지의 마지막 줄만 어렴풋이 읽었다.

'승현아 미안해. 우리 그만하는 게 맞아.'

그녀는 결국, 수료식을 단 6일 남겨둔 채,
장문의 편지 두 통을 남기고는 그렇게 떠나갔다.

'지독한 사랑은 곧 끝을 보여내고 말지만, 언제나 나의 사랑은 그
녀에게 봄을 선물하기를 소망하며.'

'그녀와 함께했던 모든 거리는, 겨우내 참아왔던 웃음꽃을 한껏
피워내며 만개한 개나리조차 검은빛으로 물들어 보일 만큼, 온통
그리움으로 가득 메워졌다.'

우리, 조금 늦게 만났더라면

그 후, 2019년 새로운 설렘을 선물해준
고마운 사람에게

내가 사랑했던 꽃아,
혹시 그날을 기억하니?

그날은, 한여름에 떨어지는 눈꽃송이처럼
내 마음속 어색한 긴장감 피어오르던 날이었단다.

늦은 새벽 너를 찾아간 나는 사실
그날 펼쳐질 우리의 이야기에 대해 일말의 예상조차 못 했단다.

애써 널 원하는 마음을 감추어내며, 한 발자국 뒤로 물러서서 아름다운 자태를 뽐내는 널 지켜만 보았단다.
어색한 이야기를 이어내던 중 나도 모르게 그만, 너무나 예쁘게 피어 있는 널 꺾어왔단다.

그날은, 아무도 몰래 꺾어온 너를 내 품에 가득 안고는
지금 펼쳐진 너와 함께하는 이 공간이, 이 시간이 꿈인지 현실인

지도 모른 채 그저 널 안고 있을 수밖에 없었단다. 그날 나는 처음으로 네 향기를 맡았어.

'그 순간, 내 세상은 온통 네 향기로 빗발치며, 모든 순간순간이 한껏 울음을 터뜨리며 힘차게 꽃망울을 피워내는 4월의 벚꽃잎으로 뒤덮였어.'

온통 너로 채워진 그 순간은 하늘에서 내려온 여신처럼 고결하고 아름다운 순간이었지.

내가 소중히 만들어 놓은 화단에서
그저 네가 예쁘게 자라기만을 바라며
내가 가진 시간 전부 너에게 바쳤단다.

그런데, 왜였을까?
이상하게도 내가 사랑한 꽃은 점점 시들어만 갔단다.
그럴 때마다 나는 초라해지고는 했지.
네가 시들어 없어질까 두려웠고.

하지만 내가 두려워하는 모습을 네게 보이면
혹여나 네 마음이 아프지는 않을까 하는 마음에 조금의 티도 내지 못했지.

사실, 나는 그 가슴 떨리던 순간이 언제부터 이렇게 변질되었는

우리, 조금 늦게 만났더라면

지 모른단다.

'너무나 과했던 사랑이 문제였을까?' 하는 그저 나 혼자의 망상일지 모르는 고심만이 그 화단에 자리하고 있단다.

내가 잠시 꺾어 왔던 그 꽃은, 얼마 전 원래 자리했던 곳에 다시 심어주고 왔어.

원래의 자리로 돌아간 그 꽃은 어느 4월, 절정에 이르는 한없이 아름다운 벚꽃잎처럼 만개하고 있을까?

원래의 자리로 돌아간 너의 기억은 이제,
내 가슴 깊은 곳, 시간의 흐름에 따른 작은 먼지조차 쌓이지 않는 향기로 남겨둘 거야.

'지금의 내가, 그날의 네 향기를 기억하듯
지금의 너도, 그날의 내 향기를 기억할까?'

너라는 꽃은, 다시금 나에게도 가슴 뛰는 뜨거운 사랑을 할 수 있다는 것을 느끼게 해준 소중한 경험이고, 그 어느 보석보다 고귀한 내 전부였어.

내가 너에게 항상 말했듯이 말이야.

"기억하지?"

그 후, 2019년 새로운 설렘을 선물해준 고마운 사람에게

'아무래도 우린, 거꾸로 피어올랐나 보다.'

- 작가 임승현